佐藤くん、大好き

原里実

金魚屋プレス
日本版

装幀　ラムニク

レプリカ

「作っちゃったんだ」

と奥沢くんがいったので、あたしは
「そうか、作っちゃったんだ」

といった。それ以外になんといえば良いのかわからなかった。

そうしたら彼の隣であたしが、

「そうなのよ」

といった。

「どうやって？」

あたしはとりあえずたずねてみた。すると奥沢くんは真剣な顔で、

「万が一こんなこともあろうかと思って、僕の部屋に落ちてた千夜の髪の毛9本と、切ったつめのかけら5グラム、耳のうしろの匂いのついたガーゼ、それにくちびるとおなじだけの弾力のマシュマロ1個をとっておいたんだ」

といった。

「そうなの」

とあたしはいった。われながら惚けたようすであった。けれども内心では、この人、そんなにあたしのことを好きだったのか、とすこしおどろいていた。

道ばたで立ちどまり向かい合っているあたしたちを、ときどきちらりと通行人が横目で見ながら過ぎてゆく。けれども、あたしと、あたしと向かい合うかっこうで彼の横に立っているもうひとりのあたしの、顔や背かっこうがまったくおなじであるということに気づく人はいないようだった。あたしの後ろから来た人には彼女の顔とあたしのうしろ頭しか、そして反対にあたしの前から来た人にはあたしの顔と彼女のうしろ頭しか見えないからかもしれない。

「じゃあ僕たちはそろそろ夕飯の支度の時間だな」

と奥沢くんはいって、重そうなスーパーマーケットのビニール袋の持ち手を握り直した。反対側の手はあたしのレプリカの手を大事そうに握っている。

「ごめんね、急に呼び止めて」

あたしはつながれた手をたどっていき、レプリカの顔を改めてまじまじと見た。相手も、目をまんまるくしてあたしを見てくる。まるっきりあたしの顔をしている。毎朝鏡で見るあたしの顔と唯一違うのは、前髪の分け目が左右反対ってことだけだ。

「一緒に住んでるの？」

とあたしはたずねた。

「だって他に住むとこないもん」

とあたしが答えた。

その日に見た夢にレプリカが出てきた。

あたしたちは何もない野原を並んで歩いていた。

夢の中でのあたしたちは旧知のあいだがらという設定で、あたしたちはそのことを露ほども疑問には思っていなかった。

「どこへいくの?」

とあたしがたずねると、

「えっ?」

とあたしはびっくりしたようにたずね返した。

「えっ?」

とあたしがたずね返すと、

「どこにいくの?」

と今度はあたしがたずねた。

「知らないよ」

「あたしだって」

「あんたについてきてたのに」

「あたしだって」

「まあいいか」

「まあいいね」

「どこかにつくわね」

「どこかにはつくね」

そういってあたしたちはくすくすと笑いあった。

目覚めた瞬間、しかしあたしはその夢のことをちっとも覚えていなかった。ただぼんやりと、夢で見た野原に誘われるくしゃみの予感だけがあって、半分寝ぼけた気分のまま起き上がり、思っていたのと違う風景がそこにあるので脳みそがついていかずにぎょっとした。しかし、すこしずつ意識がめざめてくると、そこはなんのことはない、いつものあたしの部屋である。カーテンがないせいで東向きの窓から顔をめがけてやってくる太陽の光がまぶしい、体を起こすとまず壁いっぱいの大きなクローゼットが目に入る、あたしがそこにあるとなぜだか思っていた部屋は、あたしのではなく奥沢くんのものなのだった。

そのままのそのそとふとんから起き出し、洗面所の鏡を見て、そしてあたしはふたたびぎょっとした。自分の顔じゃないような、あたしにそっくりの誰かがそこにいるだけのような、気持ちの悪い感じがしたのだ。おもわず頬に手をやって、つねると、鏡の中の顔もおんなじようにつねられた。顔のパーツを中心に寄せるように顔をしかめると、鏡の中の顔も不細工になった。

　次の日の夢でもあたしはあたしに会った。それはきのうのつづきのようでもあったし、きのうより以前のようでもあったし、はたまたまったく別の、きのうとはまったく関わりのない世界でのできごとのようでもあった。

「どうして？」とあたし。

「なんで？」とあたし。

「わからない」

「わからない」

「疲れたよ」

「疲れたね」

「もういいんじゃない」

「よくないよ」

「だって面倒じゃない」

「面倒だけど」

「面倒だけどなあ」

　あたしは毎日レプリカの夢を見た。

一週間後の夢に、はじめて奥沢くんが出てきた。テディベアの夢だった。奥沢くんがユーフォーキャッチャーであたしにとってくれたテディベアの夢。帰りに寄ったレストランで、あたしはそれをなくしてしまった。席におき忘れて、あわてて戻ったのに、そのときにはすでに手品のように姿を消していたのだ。

「不思議なことがあるもんだなあ」

と奥沢くんはいった。あたしたちはとても悲しかった。悲しかったので、のんきにそんなことをいっている奥沢くんにほんのすこしだけ腹を立てさえした。

何もいわないでいるあたしの顔をちらと見ると、

「大丈夫、またとってあげる」

と奥沢くんはつづけていった。

奥沢くんには昔から、どこか魔術的な力を感じさせる何かがあった。たとえばあたしが食べたいなあと思いつきでつぶやいたお菓子が、ポッケの中から突然出てきたり。あたしがなくしたと騒いでいたイヤリングの片耳を、数日後プレゼントしてくれたり。だから奥沢くんがまたとるといったら、かんたんにとるのだろうということはわかっていた。

おそろしいのは奥沢くんにそういわれると、もう何も考えず、新しいテディベアをとってもらえば良いのだ、単純なことだと思ってしまうということで、あたしは今にも「うん」と答えそうになって、だけどすんでのところで、そんなことをしたらなくなったテディベアがかわいそうだということに思い至った。思い至ったそのとき、

「いらない」

とあたしがいった。あたしはあたしを見た。あたしの考えていることがわかったの、といおうと思ったけれど、そうしているうちに、いらない、といったのがあたしだったのかどうかわからなくなってきて、さらにそうしているうちに、いらない、といわれた奥沢くんが悲しい顔をしただろうか、怒った顔をしただろうか、それともやっぱりのんきな顔のままだったか、その記憶もあいまいになった。

あたしたちのうちのどちらか、または両方が、もしかして、テディベアを消してしまったのは奥沢くんの手品かもしれないと、ぼんやり思っている気がした。


奥沢くんと別れたとき、あたしはべつに彼のことを嫌いになったわけではなかった。ほかに好きなひとができたとか、彼が浮気をしたとか、じつはゲイだったということがわかったとか、人間性に疑問を感じたとか、理由らしい理由はなかった。どちらからいいだしたのかもあいまいだ。どちらともがいいだしたのかもしれないし、あるいはどちらもいいだしてなんかいなかったのかもしれない。ただそのときのあたしたちにとって、もう一緒にはいないという選択があまりにも

自然だった。だからあたしのレプリカを連れた奥沢くんとふたたび会うまで、奥沢くんはあたしの中で人生を完全に通り過ぎていったひとたちのうちのひとりだった。

だからこそあたしには、なんだって奥沢くんがあたしのレプリカなど作りだしたのかということがまるきり不可解だった。あたしは奥沢くんと数年間一緒にいて、彼のことをなんとなくわかっているつもりでいた。しかし、ここであたしのレプリカを作ってくるなんてことは、ちっとも予想していなかった。

こんなふうに他人はときどき思いもよらない行動に出る。あたしとのあいだに過ぎていった穏やかな日々を、そして訪れた静かな別れを、奥沢くんはどうして大切にしまっておいてくれなかったのだろう、とあたしは腹のたつような、悲しいような気持ちになった。

気がつくとあたしは奥沢家の呼び鈴を鳴らしていた。

「はあい」

とインターホンを通して、とぼけたあたしの声。あたしはそれを聞いて、やっほう、といえばいいのか、ひさしぶり、といえばいいのか、ちょっと、と怒った声を出せばいいのか、わからなくなって、言葉につまった。結局、

「あたしだけど」

とぶっきらぼうにいうとあたしはすぐにわかったようで、

「はいはい」

と軽く返事をした。開いたオートロックの自動ドアをくぐり、エレベータで六階へあがった。

「来ると思った」

といいながら、腕組みをしたあたしがエレベータの前に立っていた。あたしはその姿を見て、ものすごく懐かしいような、のりもの酔いで気持ちがわるくなるような、デジャビュのような、不思議な気分になった。

しかし目の前のあたしはどう思ったのか、何も思わなかったのか、きびすを返し無言で奥沢くんの部屋へと向かう。あたしも無言でそれにつづいた。ニットの背中のまんなかに、縦にボタンが並んでいて、かわいいデザインである。

「いま出かけてる、もうすぐ帰ってくると思うけど」

といいながら、慣れた調子で玄関の鍵をしめ、レプリカは台所へと向かった。背中にボタンのかわいいニットの下には、ひざ下くらいの丈のふんわりしたスカートを履いている。家でまでおしゃれするようなキャラじゃないくせに。彼と住んでいるからって、はん、と思う。

あたしは奥沢くんの家の中でいちばんのお気に入りの場所だった、黒い革張りのソファの右端に我が物顔で腰かけた。ここに座ると、ちょうど窓の外に遊園地の観覧車が見えるのだ。あたしは観覧車が好きだ。乗るのよりも、外側からながめるのが。レプリカは台所でお湯をわかしている。

「観覧車見えるでしょ」

お湯をわかしながらあたしがいった。見えるよ、とあたしは思った。見えるから、ここに座っているんじゃない。けれど何もいわなかった。

「あたし好きなんだ、観覧車」

とまたあたしがいった。あたしはかちんときて、

「観覧車好きなのはあたしよ」

といった。あたしはびっくりしたような顔であたしを見た。そうなんだ、とすこし悲しそうにいった。あたしはなんだか悪いことをしたような、ばつの悪い気持ちになって、深呼吸をひとつした。

「好きなわけ」

とあたしはたずねた。「奥沢くんのこと」

「えっ」

とあたしはすっとんきょうな声をあげた。つづいて、あっつ、という声と、水が勢いよく蛇口からじゃあじゃああふれる音が聞こえてきた。

「うーん」

うなっている。好きってことだな、とあたしは思う。

「まあ」

やっぱり。

「そっちは?」

とあたしがたずねた。

「好きじゃなくなったから、別れたんじゃん」

あたしは答えた。

「ふうん」

あたしは納得していないふうである。じゃあ、なんで来たの、と思った。けれどたずねては来なかった。両手にマグカップをひとつずつ持って、お茶を運んできた。

「はい」

ミントティーである。さすが、あたしの好みをわかってる、と思ったけれど、思いなおす。もしかしてただ単に自分の好きな飲みものをいれただけかもしれない。なんせ相手はあたしなのだ。

レプリカは、ソファの前に置かれたガラス製のテーブルの、あたしとちょうど九十度の位置になる場所に腰かけて、自分でもミントティーを飲んでいる。ちらりと横目であたしのおなかのあたりを見た。この席に座りたい、と思っている。でもぜったい譲ってあげないもんね、と思う。

思っていると、レプリカはやおら立ち上がって、部屋の隅にあるストーブのスイッチをいれ、その前に正座した。

あっ、いいな、とあたしは思う。ストーブの前も、あたしが好きだった場所のひとつだ。とたんにソファの隅のこの席よりも、ストーブの前のほうがよかったという気持ちになってくる。あたしはあたしのほうを見ずに、ひたすらストーブを見つめて、まばたきをした。

「奥沢くんのどこが好きなの」

あたしはまたたずねた。

「うーん」

あたしはまたうなる。への字に結ばれたくちびる。ずっと好きになれないでいる、わずかにでっぱったおでこ。短くてちいさい鼻。

きれいだな、とあたしはそのときなぜだか素直に思った。と同時にいま、それらのものを、奥沢くんがどんな気持ちで見つめるのだろう、そして、かつて見つめていたのだろう、と考える。それはあたしのものであって、決してあたしのものでない。

「わからない」

「わからないの」

「うん、ただ、好きなの」

ただ好きなのか。そういえば、あたしにも奥沢くんをただ好きなころがあった。あたしは思い出す。思い出して、そうだったということが記憶としてよみがえるだけのところから、あともう一歩、あのころのあたしの気持ちや、いま目の前にいるあたしの気持ちがじわじわと胸の中に染み入ってきそうになるところまで、あたしは踏み出しかけた。

そのときだ。玄関から、鍵穴にがちゃりと鍵の差し込まれる金属音が聞こえてきた。

あたしは、どうぶつのような瞬発力で立ち上がった。

あたしも、立ち上がった。

そして我先にと玄関へ向かった。

「おかえり」

並んで出迎えたあたしたちの顔を交互に見て、ただいま、と奥沢くんはいった。

「遅かったね」

「近所のとこが、閉まってたんだよ」

さては、たばこを買いにいっていたな、とあたしは気がつく。

「あそこのおばあちゃん、なんだかあんまり具合よくないみたい」

いいながらあたしは思う。そう、考えるまでもないはないか。奥沢くんはたばこを買いにいっていたのだ。

「そうなんだ」

といいながら、奥沢くんはスニーカーを脱ぐ。

「まあ、もうおばあちゃんだからなあ」

何年も前からお気に入りの、履きふるしたスニーカー。その靴紐を結びながら、しゃがみこんでいる奥沢くんの後ろ姿がぼんやりと浮かんでくる。ちょっと、たばこ買ってくるよ、千夜。ほしいものある、一緒に買ってきてあげようか。あたしはコンビニのアイスクリームがほしいけど、なんの種類があるか見て自分で選びたい。だから奥沢くんには頼めない。

「千夜」

と奥沢くんが、なんでもないように、あたしの名前を呼んだ。

「え?」

と答える声は、しかし、重なった。

あたしたちはお互いを見た。

いま、奥沢くんが名前を呼ぶまで、あたしたちはとなりにもうひとりあたしが立っていることをすっかり忘れていた。あたしたちはひとりきりに、重なってここに立っていた。

しかし違った。あたしたちはまぎれもなくふたりなのだった。奥沢くんにとっていま、千夜、とはいったいどちらのことを指しているのだろう。どちらか一方かもしれないし、どちらもかもしれない。あたしもおなじことを思ったのか、じっ、とあたしの目を見つめてきた。あたしも、じっ、と見つめ返す。

「きょうはなんだかもう疲れたから、外に食べにいかない?」

と奥沢くんはいった。

「さっきタバコ屋に向かって歩いてたらさ、ほら、その一つ手前の角、流行ってなかったタイ料理屋がこないだつぶれたじゃない。そこに新しい定食屋ができてたんだ」

あたしの記憶の中で、その場所は流行っていない自然派のカフェだった。そうか、あのカフェやっぱりつぶれたのか。そしてその場所にタイ料理ができて、そのタイも流行らずにつぶれたのか。

「そうなの」

とあたしはいった。

「タイ料理屋の前は、カフェだったよね。あの場所呪われてるのかな」

奥沢くんは、そうか、カフェだったっけか、と首をかしげている。

「そうよ」

とあたしはいった。

「そうそう」

「そうよね」

「カフェだった」

「カフェだったわ」

ふうん、といった奥沢くんは特に気にしていないようで、オープンしたばっかりだからかけっこう流行っていて、良い雰囲気だったよ、と新しい店にあたしたちを誘った。

定食屋に向かって歩きながら、奥沢くんがいった。

「なんだか急に寒くなったよなあ」

なんということもなく、まるできのうまでそうしていたみたいに。当たり前かもしれない、実際奥沢くんにとって、それはきのうまでそうしていたことなのだから。千夜、寒いね。何食べようか。千夜。

「先週はマフラーなしでも大丈夫だったのになあ」

奥沢くんはコートのポケットに手をいれ、寒そうに肩をすくめて、マフラーに顔をうずめている。

奥沢くんはあたしに話しかけている。今までもずっと。ゆっくりと、呼吸をするように。慈しむように。

「そうだね」

あたしはいった。あたしは黙っていた。あたしは何かいいたいと思ったけれど何をいいたいのかわからなかった。あたしは鼻のあたまをかいた。考えている。奥沢くんのうしろ頭を愛しいと思っている。世界はときどきおどろくほどに美しく目に映ると思っている。また鼻のあたまをかいた。

「ねえ奥沢くん」

とあたしは呼んだ。

「どうしてこんなひどいことしたの？」

それはひとすじのまっすぐな問いだった。決して奥沢くんを攻撃したいのではない。あたしの胸に透明にわきあがってきたその問いに、あたしは答えを欲しかった。

奥沢くんはあたしをふり返った。

「ひどいこと」

奥沢くんはつぶやいた。

「ひどいかな」

やっぱり、ひどいと思っていなかったのだ。

「ひどいよ」

「ひどいのか」

「うん、とっても」

奥沢くんは、ふうっとため息をついた。きれいなくちびるから吐きだされた息が、夜の闇の中で白く揺れていた。

「千夜のことが好きだからだよ」

しばらくしてそういった奥沢くんは、とても悲しそうな顔をしていた。

「ぼくにとってきみは星なんだよ」

奥沢くんはまた前に向き直った。

「ひとりでも、ふたりになっても三人になっても、百人になったたって、千夜はずっと、ずっとずっとぼくの特別なんだよ」

あたしはしっとりと、泣きたくなった。美しい、奥沢くんの愛のかたちに。

「いなくならないで、千夜」

しかしそれは裏を返せば、あたしは奥沢くんからあたしに向けられる愛情の、いつも二分の一、三分の一、百分の一しか、あたしひとりの、たったひとりだけのものにはできないということだ。それは、だれか他の女性のことを好きといわれるよりも、ある意味で辛いことだった。だれのせいでもない、しかしどうにもならない。過去が変えられないのと同じように。

あたしは奥沢くんを見た。奥沢くんの中にいるたくさんのあたしのことを思った。奥沢くんはあたしと出会ってから今までずっと、そんなふうにあたしを愛していたのだろうか、と思った。そしてあたしを見た。あたしも、ちょうどあたしを見るところだった。あたしたちはしばし見つめ合い、それからまた各々奥沢くんのうしろ頭を見つめた。

変な夜だった。

あたしたちは布団を敷いて、川の字で眠った。といってもほんとうに満足に眠っていたのは、三人のうちで奥沢くんだけだったと思う。

あたしはもともと、となりに人がいると眠れないたちだ。ということは必然的に、あたしもそう、ということになる。あたしたちはそれぞれ奥沢くんの向こう側にお互いの気配を感じながら、うつらうつら夢と現実のあいだをいったりきたりして、ぼんやりと一晩をすごした。奥沢くんはそのあいだでただひとり、ぐうすか眠っていた。

それから約一ヶ月が経つまで、奥沢くんがあたしに連絡してくることはなかった。そりゃそうだ。奥沢くんにはあたしがいるのだ。

一度だけ、公衆電話から電話をかけてきたのはあたしだった。

「もしもし」

と出ると、開口一番は、

「あ」

だけだった。けれどあたしにはそれだけで、相手があたしだとわかった。

「あ」

と図らずもあたしはいった。するとL、急にごめん、としおらしくあたしはいった。

「いいけど。どうしたの？」

うん……と自分からかけてきたくせに、あたしは歯切れ悪い。

「あたしってくだらないことで悩んでいるのかな」

あたしはいった。

「そんなことないんじゃない」

とあたしは答えた。「あたしを悩ませてることならなんだって、くだらなくなんかないわよ」

それを聞くとあたしはすこし笑った。

「そりゃ、あたしはそういうよね」

「うん、ごめんね」

「いいの」

いいの、ともう一度あたしはいって、電話がきれた。

電話での奥沢くんは、ひどく取り乱したようすだった。

「千夜」

と今までに聞いたこともないような、切迫した声色であたしの名前を呼んだ。そして今にも泣き出しそうな声でこうつづけた。

「千夜がいなくなったんだ」

あたしが大急ぎで奥沢くんのアパートにたどりついたとき、奥沢くんはもはやほんとうに涙を流していた。それもかなり激しく。目はうさぎのように赤くなり、あふれる涙が頬を、鼻水が鼻の下を光らせていた。つまった鼻をすすりすすり、しゃくりあげる奥沢くんの背中を撫でてやっていたら、気がつくとあたしまで深呼吸していた。

要領をえない奥沢くんの話を総合すると、千夜は奥沢くんがいつものようにたばこを買いに出ているあいだに、探さないでください、という安いドラマみたいな置き手紙だけを残していなくなってしまったのだという。

しようのないやつだな、と思いながらも、あたしは泣きつづける奥沢くんをそっと抱きしめた。セーターが汚れるかもしれない、と思ったけれど、暗い色だったし、あとで洗えばいいや、と思えるくらいの、聖母のような心の広さを、なぜだかあたしはそのとき奥沢くんに対して持ち合わせていた。それくらい、みっともなく泣きつづける奥沢くんはかわいそうだった。

奥沢くんはあたしの胸の中でしばらく泣いていたけれど、徐々に落ち着きを取り戻した。

「もうどこにもいかないで、千夜」

といって、そっとあたしの手をとった。そのときあたしは、ああ、このひと、ほんとうにあたしのことが好きなんだな、と思った。それは安堵でもあり、落胆でもあった。

あたしには、奥沢くんの中にいるあたしの代わりをすることはできない。

あたしは反対の手でそっと奥沢くんの手をはがすと、

「あたし、いくところがあるから」

といった。

「え?」

と奥沢くんは目をまるくした。あたしはそれを見て、間違えただろうか、と瞬間思う。けれど結局待たせているひとがどんどん心配になってきて、あたしはバッグを手に立ち上がった。

アパートに帰ると、やはり千夜がいた。

あたしの部屋の扉の前で、ちいさめのボストンバッグといっしょにうずくまっていた。

あたしの姿を認めると、

「あ」

とうれしそうな声を出して、寄ってきた。

「何してるの」

と声をかけると、

「じつはね」

とばつの悪そうな顔をするので、

「奥沢くんから聞いたよ」

と教えてあげる。

「なら話が早い」

と表情を明るくした。われながら現金なやつである。

「好きじゃなくなったの」

とあたしはたずねた。「奥沢くんのこと」

「えっ」

とあたしはすっとんきょうな声をあげた。

「うーん」

好きじゃないってことだな、とあたしは思う。

「まあ」

やっぱり。

「そっちは？」

とあたしがたずねた。

「好きじゃなくなったから、別れたんじゃん」

あたしは答えた。

「ふうん」

あたしは納得していないふうで、それでもにやりと笑った。

「他にいくところなくてさ」

といって、ボストンバッグを持ち上げて見せた。

部屋の鍵を開けてあげると、

「ありがとう」

といいながら、すごい速さで靴を脱ぎ、あっというまに居間にあがりこんでいる。

「わあすてきなお部屋」

「気に入ってるの」

「おなかすいたなあ」

「なんにもないよ」

「じゃあスーパーにいこうよ」

キーマカレーが食べたいなあ、と千夜がいう。お買い物、お買い物、といいながら楽しそうに、スカートを広げながらリビングでくるくるとまわっている。

海辺くん

海辺くんはいつもすずしい顔をしている。特徴的なのは切れ長の黒い目。背が高くてやせていて、髪は黒くて天然のカールがすこしかかっている。肌の色は珊瑚礁のように白い。つまり、海辺くんの顔は、とてもきれいである。

けれど海辺くんのすごいところは、そんなことよりもほかにある。というのはだれひとり、海辺くんの声を聞いたことがないのだ。休み時間はもちろんのこと、海辺くんは授業中もふくめけっしてひとこともしゃべらず、さながら芦めいたたたずまいでただ無口にそこにいる。いつも固く閉じられたくちびる、動くことのない表情筋。海辺くんの顔はそれによってこそきれいに見える、そういうとくべつな顔なのかもしれないとわたしは思っている。

授業中、海辺くんを指そうとする教師はいない。一年生のときのクラスで、英語の教師が海辺くんをあて盲腸で運ばれた、といううわさがまことしやかにささやかれているからだ。教師たちは、海辺くんをいないことのように扱うのがとても得意だ。そして海辺くんはそれをいいことに、窓際の席からぼんやりと外をながめる毎日。それなのにどうしてか、テストの成績だけはどうしようもなく、憎らしいほどに良いのだった。

海辺くんがなぜしゃべらないのかは、だれも知らない。そもそもわたしたちの高校にくる前、海辺くんがどこにいたのか、ということからして謎なのである。東中に通っていたあるひとは、海辺くんが東中にいた、という。またあるひとは、いなかった、という。その一方で、西中に通っていたあるひとが、西中にいた、といい、また別のひとが、西中にはいなかった、という。わたしの持っている、北中の卒業アルバムに、海辺くんはいない。だからわたしは、すくなくとも海辺くんは北中にいたのではなかった、ということを知っている。けれどきっと南中にかよっていたひとのなかに、海辺くんが北中にいたにちがいないと思い込んでいるひとはたくさんいるだろう。それでもわたしには、そう思い込んでいるひとがだれかわからないから、アルバムを見せてまわって間違いを正すことはできない。

そんなふうにして海辺くんはいつのまにか、わたしたちのなかにいたのだ。

つまり、海辺くんは謎多き男である。いや、海辺くんは人ではない。かもしれないと、わたしは密かに思っている。

だってひとこともしゃべらないなんて。家で海辺くんと、海辺くんのお父さんやお母さんは、どうやって通じ合っているのだろう、と思う。家ではしゃべるのだろうか。いや、きっとそうじゃない、とわたしは思う。家であれどこであれ、ほんとうはどこかで日常的にしゃべっている口があも、からだの一部位というよりむしろ、そういうかたちのひとつの芸術作品のごときへんぺいな印象をしているわけがないのだ。そこから考えると、やはり、テレパシーで通じ合えるような、海辺くんはつまり宇宙人なのだ。そうだったらいいのに。

わたしはそういう気持ちで、つねひごろから海辺くんに熱い視線を送っている。すると海辺くんの宇宙人性を感じる瞬間は、天使の祝福のようにときたまおとずれる。

たとえば朝礼のとき隣の女の子が貧血で倒れる瞬間に抱きとめる瞬発力。

たとえばイヤホンを耳に差し入れるしぐさ。

たとえば出欠をとる先生の声に、ぴっ、と挙げる手のしなやかさ、垂直ぐあい。

そしてたとえば、いま。目の前に、目を閉じて横たわっている海辺くんを見て、わたしの胸はちいさくふるえる。

そっと近づいてしゃがみ込み、耳を海辺くんの口もとに近づけてみる。海辺くんは息をしていた。海辺くんも息をするのだ、と思って、わたしはほう、とため息をつく。

海辺くんが、昼休みには屋上に忍び込んでいる、ということを知ったのは十日ほど前のこと。しかし、たちの悪いことに、海辺くんは内側から鍵をかけていた。

それから屋上の鍵が職員室でなく守衛室にあると知るのに一日、守衛室にしのびこむタイミングをはかり、これはもうピッキングで鍵をあける練習をしたほうが早いということに気づくのに三日、インターネットの動画をたよりに道具を自作し、実際に鍵をあけられるようになるまでに五日かかった。

ピッキングの道具は所持しているだけで犯罪である。

みつかれば逮捕、という緊張感、そして十日目のきょう、ついにわたしは鍵をあけおおせた。そうしてだだっ広いみどりいろの床の上で海辺くんはぴたりと横たわっていたのだ。

わたしは海辺くんの呼吸のリズムをききながら、気づいたらいつのまにかそれに合わせて呼吸をしていた。苦しくなってきて、顔をあげた。海辺くんのからだのどこを探せば「しるし」があるのだろうか。それはもちろん、海辺くんが宇宙人である「しるし」。ところがそれを探す間どころか、そう考える間もなく、海辺くんの両目がひらいて、わたしのことを見ていた。しばしの沈黙。海辺くんはゆっくりと上体を起こした。

わたしはなにくわぬ顔で、ぶらさげてきたサンドイッチを食べることにした。海辺くんの視線をかんじて首を向けると、鍵がかかっていたではないかという顔でこちらを見ている。無駄だ。そんなものはわたしがついさっき、ちょちょいとやっつけてしまった。

海辺くんは、まあ、どうでもいい、という顔になって、ふたたびごろんと寝転がる。海辺くんが許してくれたから、わたしはサンドイッチのことなどどうでもよくなって放り出し、海辺くんにならって寝転がる。風にふかれて、頭のうえのコンビニ袋がかさかさと音を立てた。

空は晴れて青く、ちぎった綿みたくうっすらとした雲がいくつかうかべてある。いま海辺くんの目にも同じものが見えているのだろう、とわたしは無邪気に思う。正確には、わたしの目と海辺くんの目は〇・五〜一メートルほど離れたところに位置しているけれど、そんなものはわたしたちと空との距離と比べたらまったく塵のようなものなのである。

「海辺くん」

わたしは海辺くんの名前を呼んだ。すると海辺くんはざり、と頭を傾けて、こちらを見た。

「呼んだだけ」

と言うと、海辺くんは顔をしかめて、また空を見た。

海辺くんを見ていると、しゃべらないのに反応を返してくれるのがおもしろい。そういう機械みたいだ。反対にわたしはいつもよりおしゃべりだな、と思う。

「海辺くん、楽しい」

わたしはカメレオンみたいだ。というより、カメレオンの逆、ということはンオレメカ。海辺くんがしゃべらないから、きっとわたしがしゃべっている。まわりとおんなじ色になるのがカメレオンなら、まわりとは反対の色になってバランスをとるのがンオレメカ。

海辺くんは空を見たままである。わたしのくちはすらすらとトランペットのようにしゃべる。よく知っている歌を歌うのとおんなじだ。考える前に口が動く。

「海辺くん、さみしい」

海辺くんのとなりは、心地が良いなあと思う。静かで、おだやかで、正直で、よけいなものをまとわない、きれいな海辺くん。

「みんな海辺くんみたいならいいのに」

わたしがつぶやくと、海辺くんはまた、ざり、と頭を傾けて、こちらを見た。そしてばかじゃねえの、みたいな顔をした。

「ほんとうよ」

わたしは言った。けれど海辺くんはなにも答えなかった。

おでこにぽつりと冷たい滴をかんじた。空は晴れているから、気のせいか、鳥のおしっこかと思った。けれどそのままの姿勢でいると、今度はほっぺたに、ぽつりときた。やっぱり雨だ。雨なのだ。

となりの海辺くんを見る。海辺くんはけれど顔色を変えることなく空をにらみつづけている。

「海辺くん、雨だよ」

声をかけるけれど、反応はない。黒い目がただ静かに、見ひらかれている。細いまつげが上を向いている。また大粒の雨がひとつぶ、ぴしゃりとわたしの頬を叩いた。

「海辺くん」

わたしは起き上がって、もう一度声をかけながらゆすってみる。やはり反応はない。海辺くんは壊れてしまったのかもしれない。けれど壊れているのかもしれない海辺くんはとてもきれいだった。ぴた、ぴた、と一定のリズムを、雨粒は海辺くんのうえで刻みはじめていて、ということはわたしのうえでも同じことが起こっているのだろうけれど、同じことが起こっているとはとうてい思えないほどに海辺くんのうえで起こっているそれはとてもきれいなのだった。

その一連のようすを、わたしはすこしぽかんと、とほうにくれてただただ見つめる。海辺くんのそばで座りこんでいる。このままざらざらと雨がふれば海辺くんはますます壊れてしまうかもしれない。けれどわたしはそうなったら海辺くんはますますきれいになるに違いないと、そして今度こそそうなった海辺くんからわたしはけっして目を離すことができなくなってしまうに違いないと思って、こわいと思うと同時におなかのなかの内蔵がふわっと持ち上がるみたいな、ジェットコースターに乗っているみたいな気分になったとき、海辺くんは突如こちらを向いた。目のたまが水晶みたいにきらきらと光っていた。わたしの手首をがしりとつかむ、海辺くんの白いうでの筋肉が動いて、うっすらと血管が浮いた。そうしてゆっくりと上体を起こす、海辺くんの例の冷えた目つきでわたしは動けなくなる。海辺くんはそっとわたしの手のひらをひきよせた。そうしてそれを、じぶんののど元におしつけた。指先に、海辺くんの固いのど仏がふれた。ひやり、として、背中に鳥肌がたった。

「つめたい」

わたしは言った。けれど海辺くんはけっして力を弱めはしない。わたしの指先は、海辺くんのつめたいのど仏とふれあいつづけて、それなのにちっとも、わたしの指先と海辺くんののど仏は同じ温度にはならないのだった。

そう思ったら、わたしはじぶんの指先があたたかいことを思い出した。わたしは指先にちからをこめた。するとそれに呼応するように、海辺くんの指先からはほんのすこし力がぬけた。ひゅる、とその隙にわたしは手のひらを回転させて、海辺くんの指先をからめとる。海辺くんのきれいな白い長い指がわたしのゆびと縫い合わさる。

わたしは海辺くんののどに顔を寄せて、そっとくちびるをつけた。海辺くんの首すじから雨あがり間もない草むらのようなしめった匂いがした。そのことに、あ、と思ったのと、海辺くんののどがあんまりにもひんやりとしているので、くちびるの表面が凍り付いて離れなくなってしまうかもしれない、と思ったのと、同時だった。同時にその二つの思いが、わたしのなかをかけめぐった、そのとき、

「いて」

海辺くんは言った。

海辺くんがしゃべった。

わたしはおどろいて、ぱっとくちびるを離した。凍り付いてなどいなく、かんたんに離れた。そりゃそうだ。冷凍庫から出したての氷ではあるまいし。けれど海辺くんの目つきはといえばさ

らに冷えて、わたしをじろりと見下ろす。その海辺くんの目つきとさっきの、草むらのような匂いはちっとも結びつかない、そうしてわたしの口のなかには鉄の味がじわじわとひろがる。海辺くんの白いのどは桃色を帯びて、それがやがて鮮やかなひとすじの赤に変わる。

わたしは、海辺くんの手をふり払った。その直後、海辺くんのつめにふれそびれたことに気づく。白い指先にならぶ、おおきな手強そうなつめ。とても惜しいことをした、という気持ちになる。

胸がざわざわする。思考があっちこっちに散乱する。混乱する。混乱しながら、本能だけに従って、わたしは、逃げた。それから廊下の蛇口の冷たい水で、何度もうがいをした。

次の日、学校へ行くと海辺くんは相変わらず、宇宙人らしく、すん、といた。わたしの聞いた、いて、という言葉以外、やはりなにもしゃべることはなく。その次の日も、また次の日もそうだった。

そのうちにわたしはつい、海辺くんが人間であるということをまた忘れそうになる。けれど「そうになる」だけでけっして忘れられない、海辺くんの首すじのぬるまった匂いのことを。わたしの口のなかに広がった海辺くんの血の味のことを。

わたしは胸がざわざわする。

人間の海辺くんなんて、と思う。

それでもわたしはどうしてか、海辺くんのところに行ってしまう。花に誘われるはちとおんなじだ、とわたしはわたしのことをじぶんでそう思っている。

海辺くんは屋上に鍵を閉めなくなった。だからピッキングの道具は捨ててしまった。よかった、もう犯罪者ではないのだ、という安心のなかに、ひっそりと、どきどきの種を捨ててしまうさみしさのようなものが潜んでいた。または、その反対かもしれない。

きょうも海辺くんは、また来たのか、という顔をする。わたしは海辺くんのとなりに、棒のようにそっと寝そべる。海辺くんと同じ空が見える。

「海辺くん」

わたしが名前を呼ぶと、海辺くんはわたしを見る。わたしはすっかり、海辺くんの目を見ているとなにも考えられなくて、言葉のつづきがみんな消えてなくなるようになってしまった。それはとても辛い。あの日のわたしはこんなふうじゃあなかった。海辺くんの隣は、もうちっとも心地よくなどない。

わたしは口に出してしゃべるかわりに、心のなかだけで思う。

海辺くんのことが知りたいの。

「なんでもない」

やっぱり海辺くんはなにも言わない。海辺くんはとてもやさしい。

なんかいいこと

あーあ。

ちやはため息をつく。

つまんないなあ、なんかいいことないかなあ。

ペンケースにつけているキーホルダーのキャラクターの頭を人さし指でうりうりと小突きながら、ちやは思う。

ハリボー食べたいなあ。

ぽう、とため息をつくと、ハリボー色の煙がこぼれる気がする。だれかこの煙の色に気がついてくれればいいのに、と思うけれど、みんなとなりの子との内緒話やら、居眠りやら、板書を写すのやら、（先生は）板書やらに夢中で、だれもちやのことなど見ていない。まどの外に助けを求めてみてもここは二階だし、ひょっこりとスーパーマンが顔を出す気配もなく、おだやかに平和かつ平坦な景色がひろがっている。

きのうパーマをかけたばかりで元気よくくるんとくせのついた髪の毛の先を、人さし指に巻きつける。ちょっと、手触りがざらつく。やっぱりおにーさんの言うとおり、トリートメントもすればよかったかなあ。ちやはぼんやりと考える。きれいにのばしたいんなら、今日はパーマもかけたしトリートメントもしたほうがいい、って美容師のおにーさんはそう言っていたのだ。でもお金もったいないんだもんなあ、トリートメントなんか、したってわかるのぜったい自分だけだもん。

あーあ、なんかいいことないかなあ。たとえば？　そうだなあ、たとえば。たとえば、今日これからの授業がみんな休講になるとか。

先生の顔をぼんやりとながめていたら、うろうろしていた先生の視線がきゅうに、ちやのところで立ち止まった。目が合った。

「じゃ、問四は藤波」

げげ、全然聞いていなかった。助けを求めて隣の垣ノ内くんを見るけれど、垣ノ内くんはいつものようにすやすやと気持ち良さそうな寝息をたてているだけである。

ちやは観念してのろのろと立ち上がった。黒板の前に立ってみたら、思いもよらないすごい解き方が浮かんできたりするかもしれない。

問一から三までを当てられた子たちに並んで、黒板のいちばん右端に立ち、目の前にそびえる白い数式をにらむ。わからないけれど、チョークを手に持つ。小指の先ほどに丸っこくちびた白いチョーク。

なんとなく、ちやの右手が動き出した。ゆっくりと動き出したら徐々に勢いがついて、消し跡のすこし残る黒板のうえをチョークがなめらかにすべるのが心地よい。とまらない。数字と記号が横に、同値の記号が縦にいくつも並び、気づいたら最後の行にχの値が導き出されていた。

ぽろん、とチョークを放り出し、腕組みをして、できあがった数式をながめてみる。なにがなんだかさっぱりわからない、でもきっとこれが正解にちがいない、という、妙な確信だけがある。ゆっくりと席に戻り、あらためてながめてみてもやはり、さっぱりわからない。まあ、解けたんだからいっか。

先生はなんということもなさそうに、問の一から四までにくるくると黄色いまるを軽快につけ、うん、みんなちゃんとわかってるね、とあっさりまとめた。

「特別に、いま正解したやつにはハリボーをあげよう」

と言って、先生は四人にハリボーの小袋を配りはじめる。はい、と差し出されたちやのハリボーはコーラ味だった。ちょうどどんぴしゃ、ちやが食べたいと思っていたやつ。

「じゃ、今日はここまで」

先生はチョークの粉のついた両手をはたきながら、そう言った。

ちやはおどろいて時計を見あげる。まだ時間まで三十分以上ある。ところがみんなはなんとも思っていないふうで、起立、などと号令がかかっている。ちやもあわてて立ち上がる。気を付け、礼。

教室の時計がずれているのかと思い、腕時計を見てみるも、やはり同じ時間をさしている。

隣ではさっきまで寝ていたはずの垣ノ内くんがもそもそと起き上がる。と思いきや、おもむろにノートや筆箱をかばんにつめはじめる。

「帰るの」

ちやはたずねた。

「うん」

と答える垣ノ内くんは、愚問、といわんばかりの表情。

「ふうん」

垣ノ内くんがふらりと消えるのはいつものことだ、と思ったら、前の席の大橋くんまで席を立っている。

「帰るの」

ちやはすこし声をあげて、大橋くんにもたずねた。大橋くんはぜんぜん、授業をさぼったりするようなタイプじゃないのだ。

大橋くんは目をぱちくりとさせてちやを見おろした。

「だって先生が、今日はここまで、って言ったろ」

それじゃ、と言ってあっさりいなくなる大橋くんをなんとなく目で追うともなく追うと、三分の一くらいの子たちが席を立っていることに気づく。それ以外は好き勝手にしゃべっているか、まんがやゲームを取り出して遊びはじめているかのどちらかだった。

ふうん、とちやは頬杖をついてまどの外を見おろす。昇降口からぱらぱらと男の子たちが何人か出てきて、制服のままボールを蹴りはじめる。

じゃあわたしはどうしようかなあ、することないし、つまんないなあ。なんか、いい考えないかなあ。

ぼんやりしていると、うしろから名前を呼ばれた。

「ちや」

アヤ子とユキとすーちゃんである。

「ちやもカラオケいかない?」

カラオケかあ。ちやは考える。いいけど、昨日も行ったしなあ。

「行きたい」

ちやは答えた。

「けどなんかあたし、森センに呼び出されてんの。あとから追っかけるから先行っててよ」

わかったあ、と言って三人は、十分なスペースがあるのにもかかわらず狭くるしくぶつかり合ってじゃれながら、きゃっきゃといなくなった。ちやはほつれたセーターの袖の先をいじりながら、後ろ姿を見送る。すーちゃんのセーラー襟の上では黒くてまっすぐで、毛先だけきれいに内側に入った髪の毛がするりと整列している。キューティクルがつらなって天使の輪をつくっている。あれがトリートメントの力なのかと、ちやはもういちど自分のざらつく毛先にふれた。

三人がいなくなってしまってから、だれも見てないと思うけど、とちやは立ち上がって、教室を出た。アリバイづくりである。出たはいいけど、どうしよう、ととりあえずトイレに行ってみる。用を足して、鏡で髪を直しながら、やっぱり前髪のパーマきつすぎたかな、と一生懸命ひっぱってのばしてから、それですぐ教室に戻ったのでは担任の呼び出しにしては短すぎるので、いちおう、一階に降りて廊下をはじからはじまで歩き、反対側の階段をのぼって一周してから戻った。廊下にはわらわらと人がはみ出して、ざわつきはじめていた。どうやら学校全体的に、今日はここまで、になったらしい。

教室に戻ると、人数は全体の三分の一くらいに減っていた。ちやはまた自分の席に座る。あと十分くらいしたら、「ごめん、カラオケ、いけなくなった」ってメールしとこう、と思う。

突然授業がなくなったからか、普段の放課後とはどことなく雰囲気が違う。テレビをつけた子がいた。いつもは祝日しか見られない、平日昼間のバラエティ番組がやっている。黒板に落書きをはじめた子もいた。ちやはしばらくそれをながめた。

けれどすぐにつまらなくなって、またまどの外を見る。いつのまにか、スーツ姿の先生がサッカーにまざっている。

すいませーん、と声がして、ちやはふり返った。教室のうしろから、赤いキャップ帽に赤いウィンドブレーカーの男の人が顔を出していた。どこかで見たことのある顔に似ている。俳優だろうか。背が低くて、やせていて、すこし猿っぽいのに愛嬌がある。思い出せないので、あきらめる。それよりちやは山下くんが受け取っている、積み重なった四角い白い箱が気になるのだ。ピザだ。箱からしてあれは、Lサイズが三枚。

山下くんたちははしゃぎながら、ピザの箱を次々に開ける。時間差で、ちやのところにもむわんとしたピザの匂いがやってきた。

「みんな、食おうぜ」

と山下くんは教室に残っている誰へともなく呼びかけた。すると残りの十人くらいのうち五人くらいが、そよそよと引き寄せられていく。

へえ、あの子まで。ちやはちょっとおどろいて、まっすぐな髪で頬をかくしたうつむき加減のその子（推定、川柳さん。話したことがないのであいまい）を見た。教室で声を出しているところをほとんど見たことがないし、そもそもスカートが膝丈。とにかく、教室で宅配ピザを食べるタイプとは思っていなかった。

そんなふうにしてみんなをながめているちやを、

「藤波もこいよ」

と山下くんが呼んだ。ちやはとりあえず立ち上がって、近づいてみる。なにごともあだこうだいうのは試してみてから、というのがちやのモットーである。

近くで見ると、ピザは正真正銘のピザだった。ご丁寧に三枚とも味がハーフ＆ハーフで、全部で六種類の味が楽しめるようになっている。

教室でピザなんか、初めて食べる。ちやはごくりとつばを飲み込んだ。

上にマヨネーズと海苔のかかっている、おそらくてりやき味にちやは手をのばす。ひとくちかじる。おいしい。ふたくち目も、おいしい。ちやはてりやき味のピザをもりもり食べる。

一枚食べ終わってひといきついて、せっかく六種類もあるのだからもうひとつくらい食べてみようか、と手を出したところで、ちやはその自分の手をあらためて見た。

ピザの油でべたべたである。

指先だけにとどまらず、手のひらからほとんど手首くらいのところまで、黄色っぽい油が流れててらりとのびている。顔をあげると、みんなして黙々とピザを食べている。ちやが油について気にしていることなどだれひとり気づかず、それぞれが自分とピザとふたりきりの世界に没頭している。

気持ちわるくなって、ちやは手を洗いに行くことにした。油がつかないように、教室の引き戸はこゆびの先をちょっとだけ引っ掛けてあける。

するとと廊下に堂島がいた。中身の入っていなさそうなうすっぺらいかばんを肩からかけ、反対側のうでを、となりを歩く女の子の腰に回している。

もう新しい彼女できたんだ。

思いながらちやはふたりの横を、汚れた手のひらを胸の前に上向きに、手術前の外科医さながらのポーズですり抜ける。

堂島は顔がいいからなあ。ちぇ、わたしにもなんかいいことないかなあ。

すり抜け際のちやを、

「ちや」

なぜか、付き合っていたときと同じやり方で堂島が呼びとめた。ちやは意外に思って、振り返る。

「これ、新しいおれの彼女。まだ紹介してなかったよな」

あいかわらず、堂島の笑顔はさわやかである。歯が白い。

「サカイマコトです、よろしく」

サカイさんもサカイさんで、ほほえみながら右手を差し出してくる。

「はあ」

わたしには新しい彼女を紹介する、というのがどうして前提なのだろう、と疑問を持ちながらも、差し出された手を無視するわけにもいかず、しようがなくその手を握り返す。

「よろしく」

そのとたん、サカイさんの美しき眉間にしわが寄った。

「ひえぇぇぇ」

サカイさんは往年の刑事ドラマの刑事よろしく、なんじゃこりゃあといわんばかりの勢いで、自分の右手を見つめながら般若のごとき形相で悲鳴をあげる。しまった、と気づくが時すでに遅し。ちやの手はピザの油まみれなのだった。

サカイさんの悲鳴を聞きつけて、ちらほらと寄ってきた子たちが遠巻きにながめる。どうしたのかな、とか、大丈夫か、とか、見てなんか手が、とか、いろんなつぶやきがちやの耳に入ってくる。

「ご、ごめんなさい」

ちやはあわてるけれど、いまさらどうにもならない。ハンカチもティッシュも教室のかばんのなかだ。

「かしてごらん」

としかし堂島がさらりとサカイさんの手を取った。そして、ぺろん、となめた。おお、とまわりからどよめきがあがる。

「堂島くん」

　サカイさんはおどろきとよろこびの入り交じった瞳で堂島を見つめる。堂島はかまわずサカイさんの手のひらをなめつづける。

「さあ、これでだいじょうぶさ」

　と堂島は最後にワイシャツのすそでサカイさんの手のひらをぬぐってやった。だれからともなくぱらぱらと拍手が起こり、波のようにしだいに大きくなっていく。

　き、きもちわるい。わたしがそっといなくなってもだれも気づかないだろう、とちやは思ったけれど、いちおう、

「あの、ほんとうにごめんなさい。わたしはこれで」

　とサカイさんと堂島に声をかけた。が、あんのじょう、ふたりは視界にお互いしかうつっていない。そのうえどこからわいてきたのか、いつのまにやら周囲を分厚くとりまいている野次馬の、床をふるわさんばかり、割れるように大きな喝采の前に、ちやの声はかき消されてしまう。しかしふたりにはこの喝采さえ聞こえてなどいないのかもしれない。ちやは身をかがめながらやっとの思いで人垣をかきわけ、いそいでトイレに駆け込んだ。

　大変な目にあった、と思いながら、石けんをもくもくに泡立ててきれいに手を洗う。ふくものがないので自然乾燥させようと、まどをあけて両腕を出すと、強めの風を手のひら全体に感じて

ひんやりする。まどの外ではさわさわとかるい音をたてて緑色の葉がゆれていたり、遠くを鳥が群れになって飛んでいたり、郵便局の前の道をおばあさんがカートをおしながらえっちらおっちら歩いていたりする。ちやはしばらくそれをながめていた。

どのくらいそうしていただろうか、とつぜん「ＨＥＬＰ！」と人の声が聞こえて、いきおいよくふり返った。

心臓がきゅっと縮まる。

流れるように、音楽だ、と頭が理解する。音楽が流れているのだ。

びっくりした。

まどから出していた腕をしまい、どきどきのさざなみを胸のなかに感じながら、廊下に吸い寄せられる。巧みな音階とリズムで煽られる焦燥感。まるで「助けて」ほしいのが自分なんじゃないかという気分になってくる。

どこかで聞いたことある、この歌、なんだったっけ。

歌は大音響でスピーカーから聞こえてきていた。だれかが放送室でＣＤをかけているのだろう。

あ、そうだ、あれだ、あの、バラエティ番組の主題歌。家に眠ったお宝を鑑定するやつ。ちやはＣＤに合わせて口ずさみたい、と思うけれど、「ＨＥＬＰ」と歌っているところしか歌詞がわからないのがもどかしい。雰囲気語でふんふんとメロディをなぞっていたらだんだん気持ちが大きくなってきて、声も大きくなってきて、だれもいない廊下でちゃはつかのま気分が晴れたような気持ちにすこしだけなる。

教室に戻ると、のこりは五人くらいになっていた。ほかの人はピザを食べて満足して帰ったらしい。

修三くんとリエコのカップルが、壁に絵の具で落書きをはじめていた。修三くんは黒板のうえの白い部分に青い絵の具で、飛行機やタクシー等ののりものの絵をかいている。教卓のうえにのっかった白い靴下の左のかかとにすりきれたような穴が開いている、その穴からのぞく肌色のかかとをつっつきながら、

「穴あいてるよ、かわいい」

とリエコが言うと、

「くすぐってえよ、やめろよ」

と修三くんは半分くらい本気でいやがって、左足をあげてフラミンゴのポーズ。

リエコはちゃに気がついて、

「ちゃもかくう?」

とスピーカーから流れる鑑定の音楽に負けじと大声で筆を差し出すので、受け取ってみた。

赤い絵の具。なにをかこうか迷って、修三♡理英子という赤い相合傘のとなりにすこしスペースをあけて、猫の絵をかく。しっぽをまどの下のほうまで長ーく伸ばしながら、ちら、と外をのぞいてみたら、いつのまにか校庭のサッカーに、校長先生がまざっている。きれいな総白髪の校長先生が、ネクタイをとってワイシャツのうでをまくってボールを追っているようすを、ちやはぼんやり見つめた。そして白い壁にかかれた赤い猫をふたたび見る。なんだか目のところがかなしそうに見える。

いやだな、とちやは思って、猫の目を、すい、となでた。眠っているみたいな顔になったので、口をかき足して大きく開けた。あくびをしている顔になった。

なんか眠くなってきちゃった。

ちやは大きなあくびをひとつして、筆をリエコに返して席につく。

あくびは伝染するっていうからなあ。

修三くんとリエコは壁の落書きについて楽しそうになにか言い合って、しのび笑いをしている。机にふせて居眠りを始めるちやの、まどろみはじめた思考のなかで「プリーズ　プリーズ　ヘルプ　ミー」と聞こえて曲が終わり、次の曲が始まった。やった、聞き取れた、次のテストのリスニングの問題でこれが出ればいいのに、とどろどろとばかなことを思いながら、ちやは眠りに落ちる。

口からよだれがたれる感じがして、目が覚めた。うす目をひらくと、あんのじょう机にちいさな水たまりができている。頭がすこし痛い。手の甲とずっと接していたおでこがかたく凝り固まっているみたいに感じて、ぐりぐりとほぐしてみるとなんとなく気持ちいい。よだれはティッシュひとふきできれいになる。音楽はやんでいる。

大きくのびをするとセーラー服の上が持ち上がって、スカートをあげているベルトが脇からのぞく。そのまま腰をまわしてうしろをふり返ると、いちばん後ろの席にひとりだけ男の子が残っていた。

だれだっけ、あ、そう、スガヤくん、みたいな名前だったたしか。川柳さんと同じく、たぶん一回も話したことがないから、よく知らない。話したことがなかったかどうかももはやあやふやなくらいかもしれない。

スガヤくんは振り向くちやになど目もくれず、もくもくとなにやら一心不乱にノートに書きつけている。ちやは腕をおろし、息をついて、またまどの外を見た。校庭にはだれもいなくなっていた。帰ったのかもしれない。

もう一度スガヤくんを振り返る。やっぱりスガヤくんは顔をあげない。

あんなに一生懸命、なに書いてるのかな。

「ねえねえ」

スガヤくんはびくっと肩をふるわせて、やっと顔をあげた。めがねの向こうと、ちやの目があった。

「なにかいてるの」

なんの気なしに、ぺろん、とちやはたずねたつもりだった。けれどスガヤくんはとたんに、むむ、と警戒した顔になって、机の上のノートを閉じる。

「べつに」

それを聞いてこんどはちやが、むむ、という顔になる。それだけ一生懸命かいてて、べつに、ってことはないでしょう。

「べつにってなに」

と半分笑ったちやにスガヤくんは、ばっ、と両腕で抱え込むようにノートをおさえにかかるので、そこでいよいよ本格的にかちんときてしまった。ちょっと訊いただけなのに、なによ、その態度。

「見せてくれたって、いいでしょ」

ちやは立ち上がった。スガヤくんは机にはりついたまま動かない。なにも言わない。

「見せてよう」

むきになったちゃが向かっていくと、スガヤくんは大急ぎでノートをバッグに入れてチャックを閉め、それを抱えて立ち上がった。

「あ、こら」

なにがこらなのかわからない。べつにスガヤくんはぜんぜん悪いことをしているわけじゃない。ちゃははたして自分がそこまでしてノートの中身を見たいのか、それともスガヤくんにいちゃもんをつけたいだけなのかもはやよくわからなくなりながらも、負けじと勢い良く立ち上がってスガヤくんを追いかけた。

スガヤくんが教室のとびらに手をかけたのと、ちゃがうしろからスガヤくんのかばんをひっぱったのと、ほぼ同時だった。スガヤくんはがんとしてかばんを手放さない。だけどちゃだって放さない。

「離せよ」

「そっちこそ」

スガヤくんがぐんと勢いよくひっぱる。ちゃの足がたたらをふむ。そのすきをついてスガヤくんはもういちど同じ方向にひっぱった。前のめりになったちゃはバランスが取りきれなくなって、前に勢いよく手をついた、それからひざがついた。

「ご、ごめん」

ちやからかばんを取りあげたスガヤくんは怯えたように目をぱちくりと大きくあいて、下がり眉の情けない顔でちやを見おろした。

その顔を見たら、ちやはなんだかきゅうにばからしくなってきてしまった。

ぱん、ぱん、と両手をはらって、それからその両手で両膝をはらう。

「もういいよ」

手がほこりっぽくなった気がするから洗いにいこう、と教室を出ようとしたちやに、

「笑わないなら」

スガヤくんがちょっと早口で言った。ちやはふり返った。スガヤくんの顔はうつむいたままだった。

「うん、笑わない」

とちやはまじめな顔で答えた。笑わないかどうかなんて、見てからじゃなきゃわかんないよ、と思いながら。

スガヤくんはゆっくりとした動作でかばんからノートを取り出して、する、とそれをちやに手渡した。手のひらにふれた青い表紙はひんやりする。ちやは指先で表紙をめくった。中身はまんがだった。味わいのあるえんぴつ描き。

「スガヤくんがかいたの?」

「ん？　あ、うん、まあ」

「ふうん」

　おそらく第一巻ではないのだろう、中途半端なところからストーリーは始まっていて、ぱらぱらとめくると、ノートの厚みの半分くらいまでずっとつづいていた。

「ずうっとかいてるの？」

「ずうっとって？」

「その、朝から晩までっていうか」

「ううん、まあ」

「今日も？」

「ううん、まあ」

　スガヤくんは照れたように頬をかいた。もしかして、スガヤくんは今日途中から授業が休講になったことにも気づいてないのかも、とちやは思った。たぶん、そうだろう。いや、そうにちがいない。

　ちやは手近な椅子に座って、勝手にスガヤくんのまんがを読みはじめた。するとスガヤくんはかばんからおもむろにもう一冊ノートを取り出して、ちやに渡してきた。第一巻。それからすこし遠くの自分の席に腰かけて、しばらくそわそわしていたけれど、やがてかばんからべつなノートを出してきて自分の世界に入ってしまった。

スガヤくんのまんがは、平凡な高校生活を送っていた主人公の頭部がある日とつぜん魚になってしまうという内容で、正直シュールすぎて物語の意味はまったくわからなかった。でもちやは、絵が好きだな、と思った。スガヤくんのかく人の絵はとてもきれいだった、とくに主人公が片思いをしているクラスメイトの女の子の顔が。

いちばん好きだったのは、主人公の男の子が登校途中に道ばたで摘んだ花を差し出したら、彼女の髪の毛がどきどきのあまり花畑になるシーンだった。頬を染めてふさふさの花に囲まれほほえむ彼女は、あわや息がとまってしまうか、と思うくらい繊細で、えんぴつ描きなのに、ほんのりと色がついているように錯覚してしまうくらいだった。

「スガヤくん」

ちやは自分の世界に入っているスガヤくんに、思わず声をかけた。スガヤくんは顔をあげてちやを見た。

声をかけたはいいけれど。

ちやはスガヤくんになんと言ったらいいのかわからない。ええと、と言葉につまるちやをスガヤくんはまっすぐな目で見つめてくるので、ちやはますます言葉が出てこなくて、顔が真っ赤になるのがわかった。とにかくなにか言わなきゃ、と思って、

「こんどわたしの絵かいてみて」

と、将棋倒しのように、言った。あ、わたし、そんなこと思っていたんだ、と頭では思って、でもたしかにその気持ちはちやの胸のなかにとてもしっくりくる、ということにもまた気がついていた。

それを聞いたスガヤくんはにやっとして、

「もうかいちゃった」

と言った。そして鼻の上のめがねを、ちょいと押し上げた。

え、とうろたえるちやはなんにも言っていないのにスガヤくんのほうから、ノートをずいと突き出してきた。かくならかくと言ってくれれば、髪型を整えたり、リップクリームを塗ったり、することはあったのに。

そこには、一生懸命スガヤくんのまんがを読んでいるちやがいた。

「これ、わたし?」

お花の女の子とくらべたら、普通の女の子で、ちょっとがっかりした。と同時に妙な納得感もある。まあ、そうだよなあ。わたし、普通の女の子だもんね。

「一応、そのつもりだけど」

「ふうん」

「似てない？」

ほんとうは、ちょっと似てる、と思った。でもちゃの嫌いなえくぼまでていねいにかいてあって、だから似て見えるのかもしれず、あまり認めたくはなかった。けれどスガヤくんの絵で見てみると、そのえくぼがまるでちょっとすてきなもののように見えるのもまた事実なのであって、それがどういう理屈なのか、ちやにはまったくわからなかった。

だからちやは答えた。

「わかんない」

そう答えてから、でも、まあ、そうだよなあ。わたし、普通の女の子だもんね、ともう一度思ったらなんだかきゅうに、肩にとりついていた霊が成仏したような、すこし軽い感じになった。

スガヤくんはたずねておきながら無責任にもわりとどっちでもよさそうに、なあんだ、と言って、ちやのいるページをつまんでぺらぺらとゆらしながら、

「いる？」

とたずねた。

ちょっと、ほしいな、とちやは思う。いや、これはもうけっこうほしいの部類に入るかもしれない、そんな気がする。でもなくしちゃったら困るしなあ。こういう紙みたいなものって、上手にとっておくの難しいから。

かざっておいたら黄色くなって傷んじゃうし。もったいなくて折りたためないから宝物箱には入らないし。プリントといっしょにしたらどっかにいっちゃいそうだし。

いらない、とちやは答えた。

「スガヤくんが持っといて」

わかった、と言って、スガヤくんは正しい折り目でもつけるように、ノートをていねいに閉じた。きん、こん、かん、こん、とそのときチャイムが鳴った。ちやは壁の時計を見た。もう三時だった。一日の授業が終わったのだ。

「かーえろ」

ちやは言って、自分の席にかばんを取りに戻る。

「藤波さん」

とスガヤくんの声がして、ちやはふり返った。

「僕、名前、スガノなんで、一応」

スガヤくん、改めスガノくんはすこし言いにくそうに、ちやの瞳をのぞきながら、言った。

「あ」

ちやは口をぽかんと開けた。

「ごめん」

スガノくんはちやの初めて見る八重歯をちょっと見せて笑って、

「じゃ、またあした」

と言いながら出ていった。

「また、あした」

とちやも言いながら、でもやっぱりスガヤくんっぽい気がするからスガヤくんって呼ぼう、と思って、ひとりでしめしめとちょっと笑った。

たろうくんともも

ももはねぼくが9才のときから飼っているんだよ、とたろうくんはいって缶コーヒーに口をつけた。ももはお行儀よく、ベンチに腰かけたたろうくんのひざの上にあごを載せていた。

わたしはたろうくんのとなりで、りんごのジュースを飲んでいる。ほんもののりんごの味のするジュース。はじめて会社の外で見るたろうくんは、変わらずもの静かだったけれど、ももと一緒でいつもよりすこしだけ、ほどよい自信をそなえた、落ちついた大人の男の人に見えた。

レストランで食事をしているあいだ、ももは静かにたろうくんの足元に伏せていた。たろうくんはときどき、足元のももを見やった。するとももはあごを持ちあげてたろうくんを見た。たろうくんはそれを見て、そっと目を細めた。

犬が一緒に入れるお店も、けっこうあるんだよ、とたろうくんは教えてくれた。テラスの席で、あたりは薄暗く、ろうそくのあかりだけがそっと灯って、良い雰囲気だった。イタリアンの料理もおいしかった。わたしとたろうくんは一本のワインをわけて飲んだ。

たろうくんはひざの上にある、もものあたまをなでている。やさしく、くりかえし、たろうくんの手は、黒くて短い毛並みのそろったもものあたまの上をいったりきたりする。ももの目が、気持ちよさそうに、細くなってきた。暖かい、おひさまに照らされているみたいに。たろうくんはももの顔に頬を寄せた。

じつはもも、もうかなりのおばあちゃんなんだ、とたろうくんはいった。でもちっとも、そんな感じがしないよね、とすこし笑った。ずっと一緒に歳をとってきたから、まだふたりとも子供のような、でもときどき、ずいぶん大人になってしまったような、不思議な気持ちになるんだ。そういってたろうくんは、この世でいちばん愛しいものを見る目でももを見つめた。

わたしはりんごジュースの最後のひとくちを飲みほした。下のほうが濃くたまっていて、舌の上でざらざらした。


たろうくんは、歩いてわたしを家まで送ってくれた。別れ際に、またね、といった。

わたしはたろうくんがまたねといってくれたことを嬉しく思った。だからふと、またねって、また会社で、ってことなのだろうか、とぼんやり思ってふり向いたときには、おだやかな空気を連れたたろうくんの背中はもう遥か彼方、もものリードを右手に、この世にふたりきりになった映画の主人公のように夜の闇を歩いてゆくところだった。

みよ子のまつげちゃん

電車の時間ってもったいないよなあ、とみよ子はいつも思っている。行きにまる三十分、帰りにもまる三十分電車に乗って、みよ子は毎日会社に通っている。

行きはすごく混んでいる。ぎゅう詰めなので本も読めない。それでけっきょく、社内のモニターや窓の外を過ぎていく景色やなんかをながめているうちに駅につく。帰りは、すこし空いている。空いているけど、疲れている。特に何もする気が起きないで、なんとなくうとうとみたいにしているうちに駅につく。

行きと帰りで、電車の時間は一時間。週に五日で五時間。一ヶ月でだいたい二十時間、一年で二百四十時間、定年までいまの会社で働くとしたら、全部で二百四十かける三十八、あれ、じゃなくて九かしら、まあいいや、だいたいで、三十八としたら……と、その日みよ子は会社に向かう電車の中でぼんやりと考えていた。

気づくと扉が開いていて、まわりの人がぞろぞろとホームに降り立っていた。みよ子の会社の駅だった。危ない、と思って、みよ子も人の波に乗る。

そのときだった。たくさんの人の頭がうごめく中に、たった一対の目が、強烈な引力でもってみよ子の目を引き寄せた。

かちり、とちいさな音をたてて、それはあっけなくぶつかった。一瞬の出来事だった。キラリ、と何かが光った気がした。みよ子は、しなやかにひとすじのまばたきをした。

大きな白いマスクをしていた。すぐに他の頭に隠れてしまった彼の瞳を、みよ子の目はゆらゆらと探した。

探していた、と頭でわかったのは、見失ったと気づいてからのことだった。

わたしのいちばん古い記憶は、みよ子の手のひらだ。ちいちゃくて、ぷくぷくしてて、かわいい、とわたしは思った。

その次は、涙だ。お姉ちゃんの幼稚園の運動会で、お母さんはみよ子をお父さんに預けてかりもの競走に出ることになった。それでみよ子は泣いていたのだ。おかげでわたしはずぶぬれだった。ずぶぬれで、みよ子といっしょに不安な気持ちでお母さんの帰りを待った。

みよ子は昔から、ちょっと内気でまっすぐな女の子だった。

初恋は小学校四年生のときのこと。席替えで何度も隣の席になる子がいて、話しているうちに仲良くなった。その子と話しているとすごく楽しいのだった。

一度、みよ子がランドセルにつけていたくまのぬいぐるみをなくしてしまったことがある。それはお姉ちゃんが誕生日にくれたくまで、毛がふさふさであまりにも長くって目を隠してしまい、顔が目なしみたいに見えるところがみよ子のお気に入りだった。みよ子のランドセルの脇で揺れていたそいつが、けれどある日とつぜんいなくなったのだ。

「どうした?」

とその子はみよ子にたずねた。ケンくん、というのだった。その日みよ子は見るからに落ち込んでいた。

「くまちゃんがいなくなった」

みよ子は答えた。

「ふうーん」

とそのときケンくんは無関心そうに言った。ケンくんはどちらかといえばお調子者タイプで、あんまり繊細な感じには見えなかった。

だけど翌日みよ子が学校に行くと、

「これだろ?」

とケンくんがみよ子のくまちゃんを差し出したのだ。

間違いなく、みよ子の目なしだった。あたまの上についていたひもがちぎれていた。

会いたかった、みよ子は思った。

「どこにあったの」

みよ子はたずねた。

「教頭先生が持ってるおとしもの箱の中」

ケンくんは言った。探してくれたんだ、と思って、みよ子はすごくうれしくなった。仲のよかったふたりだけれど、でも、それだけのことだった。まだ小学生だったもの。それでいまとなってはもう、ケンくんがどうしているかなんて、みよ子はちっとも知らない。

武庫川圭一、というのがその人の名前だった。件のマスクの人のことだ。もっともみよ子がその名前を知るのは、もうすこしあとになってからのことだけれど。

みよ子は武庫川圭一の口が見てみたくてたまらなくなってしまったのだった。

初めて会った日、一日中、何度も武庫川圭一の目を思い出した。わたしがそうだったからみよ子もそうなったのかもしれないし、みよ子がそうだったからわたしもそうなったのかもしれない、おそらくその両方だろう、けれどもとにかくそんなふうに目のことを思い出したあとは毎回きまって、みよ子はマスクの下に隠された口のことを考えていた。

あんなに印象的な目の下の口はどんなだろう。いや、でも口が隠れているからこそ、目があれほど印象的に感じられるのかしら。見てみたい、でも見るのが怖い気もする。

そして翌日も武庫川圭一に会った。ぱち、と軽い火花をたてて、それでいて吸い寄せられるように静かに、再び目が合った。きのうよりも距離が近くて、武庫川圭一の黒いまつげがよく見えた。口には相変わらずマスクをしていた。

またあの人だ、と思って、みよ子は目をそらした。

けれどその日、武庫川圭一の瞳が他の人の頭にまぎれてしまうことはなかった。まっすぐな視線はぶれることなくみよ子に向かって照射されつづけ、ばちばちとこめかみあたりにぶつかってきた。痛い痛い、やめてやめて。みよ子はもう一度、武庫川圭一を見た。やっぱり、目が合った。今度は目をそらさなかった。

「こんにちは」

武庫川圭一が一歩、また一歩と近づいてきて、とうとう五十センチほどの距離で武庫川圭一の目を見つめたとき、みよ子は言った。心臓が耳もとまでせりあがってきて、目も耳もいつもの倍、血がかよって研ぎすまされているみたいだった。

武庫川圭一が声を出す前にわずかに息を吸った、その音をみよ子は聞きわけて息を止めた。

「こんにちは」

こんな声だったんだ、と意外に思う気持ちがしたような気もしたし、思った通りそのまんまの声だった気もした。でもどちらにしても、なんだかすごく深い声だ、とみよ子は思ってから、ふたたび呼吸を始めた。

武庫川圭一のまつげが動いて、まばたきになった。黒くて濃いまつげだった。幅の広い、絵に描いたような二重まぶたによく似合っていた。

「春が来ましたね」

そう言ってみよ子は歩き出した。これ以上武庫川圭一の顔を見ていられなかったからだ。見ていたら、二本の足でまっすぐに立っていることさえ困難になりそうだった。

「来ましたね」

と言いながら、武庫川圭一もみよ子に並んだ。この人がそう言ったら、野山にはひといきに花が咲き乱れ、ふんわりとやわらかい風が新しい草の匂いを運んできそうな感じだ。

「近くで働いているんですか？」

武庫川圭一がたずねた。

「そうです。あなたも？」

みよ子がたずね返すと、そうです、と武庫川圭一も答えた。

そんなわかりきったことをやりとりしているうちに、改札が見えてきた。改札をくぐると、みよ子は右に行く。

「わたし、こっちなので」

武庫川圭一は左だった。

「僕はこっちなので」

じゃあ、とみよ子が言うと、

「また」

と武庫川圭一は言った。

また、と言われた、とみよ子は思った。うれしい、と思った。


高校生のとき、みよ子を大好きな男の子がいた。北島くん、という名前だった。

わたしはすぐにそのことに気がついた。北島くんのみよ子を見る目が、すごくやさしかったからだ。でもみよ子はなかなか気がつかなかった。北島くんは誰にでもやさしい、とみよ子は思っていたのだ。

それはたしかに当たってもいた。転校して行く子に色紙を書こうとか、クラスでクリスマス会をやろうとか、言い出すのはかならず北島くんだった。みんなから集めたお金で産休に入る先生へプレゼントを用意したり、捨てられていた子犬の引き取り手を探したりとかいうことが、北島くんは平気でできる人だった。

みよ子は北島くんの、そういうところがとても好きだった。だからこそ、北島くんからあらゆるものに平然と向かうやさしさの中で、みよ子に向かうやさしさがほんとうに特別なものであるということに、みよ子は気がつかなかったのかもしれない。

みよ子と北島くんのあいだに、ふつうのクラスメート以上の交流はとくだんなかった。けれどたとえばちいさなことで、みよ子がありがとう、と笑ったとき、いろんなことがうまくいかなくて、浮かない顔をしていたとき。北島くんはほんとうにやさしい目でみよ子を見ていた。長いまつげがおだやかに、まっすぐにみよ子の方を向いていた。

最初はわたしも、北島くんのまつげのことなんかなんとも思っていなかった。それなのに、北島くんがみよ子をただただ一生懸命見つめていたせいだ。見られれば、見る、それは自然なことだ。見たら、きれい。きれいなものは、見てしまう。それもとても自然なことだ。

「じつは、ずっと好きだったんだよなあ」

卒業式の日、北島くんはみよ子にそう言った。

そのとき北島くんは、みよ子の隣の席だった。式が終わってそれぞれが席につき、ホームルームが始まるまでのわずかな時間、まわりでみんなが好き勝手に騒いでいるなかの、なにげない一言だった。

そのころまでにはさすがのみよ子も、まさか、と思ったことが何度かあった。でもそのたびに、ないよな、をあとにつけていた。だからそう言われたときも、

「何が?」

と無邪気に北島くんを見た。

「みよちゃんのことがだよ」

北島くんは言った。当たり前じゃない。

何度目かのまさか、を、改めてもう一度みよ子は噛みしめた。それからいままでのことをいろいろ思い出した。みよ子と北島くんのあいだに起こったいろいろのことを。それから北島くんのことを考えるとき、いつもじんわりと自分の胸に広がったあたたかさのことを。

思い出していたら、何も答えられなかった。

「まあ、それだけなんだけど」

と言って、北島くんは笑った。やさしい目が、やわらかく細くなった。わたしはただじっとそれをながめていた。

「三年間ありがとう」

北島くんは右手を差し出した。みよ子はそれを握った。あたたかい手だった。

「ありがとう」

みよ子は言った。北島くんのありがとう、という言葉にただ応えたというそれ以上に、もっとほんとうのありがとうを心から、みよ子は込めたつもりだった。だけどそれがちゃんと北島くんに伝わっているかどうか、わからなかった。わからないまま、ふたりは別れてしまった。

それがみよ子とわたしにとっての北島くんと、北島くんのまつげだ。そしてそれ以来会っていない北島くんのまつげに、武庫川圭一のまつげはなんだかとてもよく似ているのだった。

また、という武庫川圭一の言葉通り、翌日もみよ子は武庫川圭一と会った。やはり、顔の下半分は、マスクにすっぽり覆われていた。

「おはようございます」

その日は武庫川圭一の方から声をかけてきた。

「おはようございます」

みよ子はちょっとおしゃれをしていた。と言ってもわたしでないと気がつかないくらい、ほんのちょっと。ふだんは会社に着ていかないお気に入りのワンピースを着て、アイシャドーの色をいつもよりほんのり濃く、ていねいにのせ、わたしの角度もいい具合に整えた。もっと本番のおしゃれのときは、ほんとうはマスカラもするけれど、今日はなしだった。

みよ子はきれいをけっして安売りせずに、特別なときにちゃんととっておく。そういうみよ子を、わたしはとてもいいと思う。

「電車、今日も混んでましたね」

「ええ、混んでました」

武庫川圭一はみよ子を上手にエスコートしながら、下りのエスカレータに乗った。

「どこに住んでるんですか」

武庫川圭一がたずねた。みよ子は振り向いて、自分の家の最寄り駅を答えた。聞いてみると武庫川圭一は、みよ子よりも三つ、会社寄りに住んでいるらしかった。わたしはみよ子と武庫川圭一がその話をしているあいだ、斜め下から見る武庫川圭一のまつげのきれいさに見とれていた。

エスカレータを下りて、人のあいだをぬうように歩きながら、みよ子は武庫川圭一がちゃんとうしろを歩いてきているかどうか確かめるのはなんとなく恥ずかしくて、どれくらいの距離が離れてしまっているのかわからないまま、改札をくぐってようやく振り返った。武庫川圭一は思いのほかすぐ近くにいて、みよ子につづいて改札をくぐった。

「それじゃあ、わたし、こっちなので」

みよ子は言った。きのうとおなじように、僕はこっちなので、と言われるのを想定してのことだった。けれど実際にそう言われて別れるのはとても悲しい、ということに、みよ子は言ってから気がついた。みよ子の視線は下を向き、武庫川圭一の靴はつま先のとんがったひも付きの黒い革靴だった。革がいい具合にこなれて、やわらかそうだった。

「もし、よかったら」

けれど予想に反して、武庫川圭一は言った。

「明日は五号車の、二番ドアのところで会いましょう」

みよ子は顔を上げた。武庫川圭一の黒い目が見つめていた。武庫川圭一は、また、まばたきをした。まぶたがシャッターのように静かに閉じて、そのあとふたたび持ち上がり、きれいな二重に折りたたまれた。

わたしにはそれがスローモーションに見えた。

北島くんがみよ子を大好きだったそのとき、みよ子もたいへんな恋をしていた。寝ても覚めても、とはこのことだった。恋をしているその相手が、いつも頭から離れなかった。

いつも頭から離れなかったので、自然そのころのみよ子はいつもしゃんとしていた。部屋はちりひとつなくぴっかぴかに保たれ、新調したかわいいパジャマを着て眠り、晩ごはんの前もあともお菓子を自制した。ふだんは見えないはずの足のつめまで、つやめきのあるいろんな色につるりと整えられていた。

あの人の口笛や、足音になってみたい、とみよ子はよく思った。そうしたらわたしはきっと目が醒めるほどきれいにちがいない、と、しめったあやめ色のため息をつくのだった。

みよ子が好きだったのは、アイドルみたいな先輩だった。顔はちいさく口が大きくて、笑うともともと一重の目が、なくなっちゃったみたいに幸せそうに細くなって、とにかくかわいいったらないのだ。わたしの方からいまひとつ難点をあげるとすれば、まつげがもう気持ち長くてもいいのに、と思った、そのくらいだ。

先輩が三年生のときの十二月、みよ子は思い切って先輩にチョコレートを渡した。まだバレンタインデーにはずいぶんと早かったけれど、三年生は年明けから、学校には出てこなくなってしまうから。

手作りのチョコレートクッキーは、ちょっとばかり歯ごたえが強くかたくなってしまったし、すこし焼きすぎて香ばしかった。けれどみよ子はそれを相殺するくらいのやわらかさで幸せそうに、満足そうに頬をほころばせた。

放課後先輩の教室に行って、呼び出してもらった。クラスの人たちがにやにやとみよ子を見るので、そりゃあもうものすごく恥ずかしかったけれど、大丈夫、この人たちはたぶんもう二度と会わない人たち、と自分に言い聞かせてがまんした。

先輩の肩口あたりを見るのがやっとの状態で、

「受け取ってください」

とみよ子は包みを差し出した。先輩はとつぜんのことにすこし驚いたようすで、まばたきに動揺が走った気配をわたしは感じた。けれども、ありがとう、と言って受け取ってくれた。みよ子はそのままきびすを返して立ち去ってしまった。

三ヶ月後の卒業式の日が、みよ子が先輩に会った最後の日だった。友だちと楽しそうに写真を撮っている先輩を遠くからながめていると、ふと先輩の視線がこちらを向いて、目が合った。気がした。

なぜかおそろしくなって、みよ子はあわてて視線をそらした。けれども視界の端でぼんやりと捉えるところによると、なぜか、先輩はわたしから目をそらさないままでいるばかりか輪を抜けてこちらに向かって歩いてくるように見える。どうしよう。恐怖のどきどきなのか、恋のどきどきなのかわからない胸のどきどきでみよ子はパニックになった。

確かめるのもおそろしく、みよ子は背を向けて力いっぱい駆け出した。

体育館の裏で息をはずませて、しばらく身を隠していたけれど、先輩にみつかることはなかった。それでみよ子はなぜだかすごくほっとしたのだった。


「ムコガワケイイチといいます」

隣に立った武庫川圭一はそう言った。武士の武に倉庫の庫に三本川、土二つの圭に一。

武庫川圭一は説明しながら左手の手のひらの上に、右手の指で漢字を書いてみせた。指のつめが大きいな、とみよ子は思った。うそをつかなそうな感じがする。

「霧ヶ峰みよ子です」

みよ子も言った。山とおんなじ霧ヶ峰にみよはひらがなで、子どもの子。

「よろしくお願いします」

「こちらこそ、よろしくお願いします」

武庫川圭一はそう言って、つり革をつかんだ。まつげが斜め上から見下ろす。

そう、北島くんのまつげは長かったけれど繊細な感じで、武庫川圭一は黒色が深くて密度も濃い。まばたきの音をたとえるなら、北島くんはぱたぱたで、武庫川圭一のはぱしぱしだ。ずいぶんちがうはずなのに、どうしてか、武庫川圭一のまつげを見ていると、北島くんを思い出す。そのことをわたしはとても不思議に思う。

「今日はいい天気ですね」

武庫川圭一は言った。そうですね、とみよ子が答えると、静かになった。

寡黙な人なのかもしれない、とみよ子は思う。

「お仕事は何をしていらっしゃるんですか」

みよ子はたずねた。

「セールスマンをしています」

武庫川圭一は言った。

「何を売っているんですか」

「鍵です」

「鍵?」

「そう、鍵」

「鍵」

「僕の会社は鍵のシステムを作っています。できるだけ多くの施設に、会社のシステムを入れてもらうのが僕の仕事です」

武庫川圭一がしゃべると、口の上の白いマスクが息でちいさくゆれた。

「たとえば、どんなところに？」

「商業施設でも、オフィスビルでも、駅でも、学校でも、病院でも、鍵はいたるところにあるでしょう」

考えてみて、たしかに、とみよ子は思った。いままでそんなこと考えつかなかった。街じゅうは鍵付きの建物でできているのか。

感心しているみよ子を見て、武庫川圭一の目がすこし、半月がたに細められた。

「あなたは？」

今度は武庫川圭一がみよ子にたずねた。

「わたしは、チョコレートの管理をしています」

そうなんですか、武庫川圭一は言った。不思議な、そうなんですか、だった。ただの、そうなんですか、なのに、どうしてかそのつづきをすごく自信を持ってしゃべれるような、話し手を安心させる、そうなんですか、だった。

「チョコレートの輸入をしている会社なので、今日何がいくつ届いて、どれをいくつどこに送るかとか、そういうのがちゃんとうまくいくようにするのが、わたしの仕事なんです」

みよ子は言った。

「いいですね」

武庫川圭一は言った。

「いいですか?」

「ええ」

「チョコレート、好きですか?」

「好きですよ」

大好きです、と言って、武庫川圭一の目はまた笑った。笑うと重たそうにすこしまぶたが下りた。その目が見下ろして言った。

「長くてきれいなまつげですね」

とつぜんのことに、一瞬ときが止まったかと思った。それからみよ子は、うふふと照れ笑いをした。

キザなやつ、とは不思議と思わなかった。その言い方は、心からそれをきれいだと思ったのだとわかる言い方だった。何かをきれいだと思うことは、すごく純粋な心の動きだ。きれいだ、と思ったのを伝えたいと思うことも。

お風呂上がり、みよ子はジャージ姿でテレビの前に座っている。コメディアンが大きな声で冗談を言って、笑っているイケメン俳優が大写しになったけれど、みよ子は笑わなかった。

みよ子はテレビから目を離さないまま、マグカップのコーラに口をつけた。じんわりあまくて、しわしわして痛い。

「うーん」

みよ子はうなって、くるりと黒目が上を向いた。北島くんの顔を思い出しているのだ。上を向いたみよ子の目に、白い天井にちいさく入ったヒビが映った。ヒビは最近ご近所で立て続けに行われている工事にともなう揺れで、心なしかだんだんと広がっているようにみよ子は思っている。

「似てないのにな」

みよ子は言った。武庫川圭一と北島くんが、似てないのに、似ているということを、みよ子は不思議に思っている。

北島くんのことを思い出すとき、みよ子の胸はくすんだピンクみたいな色になる。いまもじわじわとその色が広がっているのがわたしにはわかる。

ごめんね、みよ子。わたしは思う。北島くんのことを思い出すのは、悲しい？　それはわたしのせいなのだ。武庫川圭一のまつげを見て、北島くんのまつげを思い出しているのは、わたしだ。そしてわたしが離れられないぼんやりした北島くんの影から、みよ子だけが離れることはけっしてできないだろう。わたしがみよ子の考えていることの、色や、かたちや、だいたいの温度をわかるのとおなじように。

わたしはみよ子の一部であり、みよ子はわたしを一部に含んでいる。わたしがいなければみよ子はみよ子でないし、みよ子がいなければそもそもわたしは存在しない。これ即ちわたしはみよ子であり、みよ子はわたしであるのだ。

「どう思う？」

みよ子は言った。そういうとき、わたしはみよ子がもしかしてわたしに向かって話しかけているのかもしれない、とふと思う。

ありがとう、以外に、あのとき何か言えていたらよかったのか、みよ子は考えている。言えていたら、はたしていまの自分が何を余計に持っているか、何を失っているのか、想像しようとしてみる。それがわかりさえすれば、この不安感を、大切なものを落としてきてしまったようなのにそれが何だかわからないみたいな、漠然とした不安感を解決できる気がして。

「でも、何も言えなかったんだもの」

みよ子はつぶやいた。言えなかった、ってことはけっきょく、その方向に向かって世界が流れていたってことなのだ、とみよ子は考える。どう転んでも想像はやっぱり、想像でしかないもの。後悔しているわけじゃない。ただ、いまある世界だけじゃない、その他の世界の可能性について、すこし深く考えてしまうだけだ。

そういうみよ子に、わたしはなんにもしてあげられない。ただちいさく、みよ子は間違っていない、と念じること以外にはなんにも。

みよ子は考えながら、また、コーラにくちびるをちびりとつけた。大学時代付き合っていた佐藤という男に、そうやってコーラ飲んで不味くないの、と言われた、みよ子のコーラの飲み方だ。

その、大学のときの佐藤という男が、わたしは好きじゃない。佐藤はバンドサークルで、ギターをやっている男だった。

まゆげがちょっと細くて、いつもスキニーのジーンズをはいている印象。ギターをしょっているせいか猫背で、右の耳にだけピアスの穴があいていた。悪っぽくてぎざぎざしているところが、みよ子にとっては新鮮だったのだと思う。

「ここ、いいすか」

英語の授業は教室がちいさくて、そのときは四月の一回目の授業だったからかやけに人が多かった。授業がはじまる一分前、というときに声をかけられて、みよ子は顔を上げた。

たしかに、切れ長の目にはわたしだって最初すこし、へえ、と思った。

「どうぞ」

とみよ子は言った。佐藤はみよ子の隣に腰かけた。ちょうどみよ子の側が、ピアスのついている方の耳だった。

佐藤は大学ノートとペンケースだけを、かばんからぺいっと机の上に出し、あとは黒板を「ながめる」よりもさらにうすい密度でながめながら、先生が来るのを待っていた。まつげは短くて下向きで、まばたきがややせわしなかった。

「何?」

と言われて初めて、佐藤をずいぶん長いこと見つめていたということに気がついた。

「なんでも」

と首を振ったみよ子に向かって、ふん、と笑った佐藤は、クールな印象に反してちょっとかわいかった。そうやってみよ子は佐藤と出会った。

佐藤と付き合い始めてからのみよ子は、頭の中の二割くらいが常に佐藤のことを考えるのに使われている感じだった。きれいなものを見つけたら、佐藤にも見せたい、とかならず思ったし、悲しいことがあったとき、いちばんに浮かぶのは佐藤の顔だった。三年後、とか、いつかお母さんになったら、とか、ぼんやりと未来のことを思い浮かべるとき、みよ子の頭の中のみよ子の隣にはかならず佐藤がいた。

佐藤は、みよ子といるときもあんまりおしゃべりじゃなかった。感情の動きが、すこしわかりにくい人だった。

それでもいっしょにいるとときどき、何かについて、めずらしくたくさんの言葉を使って一生懸命に話したり、反対に何もしゃべらなくとも、ただみよ子の手をいつもよりほんのすこしだけ強くにぎったりすることがあった。みよ子はそういうときの、佐藤の気持ちを想像するのがとても好きだった。それは知らない森に分け入って行くみたいに、進むたびにきれいな空気を吸い込んで、心が落ち着くようだった。悪っぽくてぎざぎざしているようでいて、ほんとうの佐藤はいつも、世界になじまない繊細な心を細いからだの奥に隠していた。

でも、ふたりは別れてしまった。大学四年生のときだった。

みよ子も佐藤も、東京で就職しようとしていた。でも決まったのはみよ子だけで、佐藤はたくさん受けたうちひとつも通らなかったのだ。もともと面接とかそういうのはあまり得意じゃなかったのだと思う。

両親との話し合いのすえ、佐藤は実家に帰ることになった。佐藤の実家は、九州の酒蔵だった。みよ子は考えた。電話やメールをし合ったり、一ヶ月に一度でも、二ヶ月に一度でも会って、恋人同士でいつづけることはできるだろう。それでもいい、と思うときもあった。でもそうする、ということはつまり、えいえんに佐藤といっしょにいる、ということだった。みよ子はそれでいいのかわからなかった。みよ子にとって、佐藤が初めての恋人だった。

どうしよう、みよ子は思った。でも、みよ子が心の底ではもう決めているのだということに、わたしは気づいていた。佐藤ともう会えない、ということを想像して、心から瞳を涙で濡らすのと同時に、もう一方のどこかでは、新しいもの、刺激的な世界やまだ見ぬ人びとに強く惹かれているということに。

その気持ちは、もっとぼんやりとしたかたちで、もしかしたら佐藤が鹿児島に帰ることになる前から、みよ子の中にあったかもしれない。みよ子さえ、きっとそのことに気づいてはいなかったけれど。

佐藤のことが好きじゃなくなったわけじゃない。これまた例の、「いまある世界だけじゃない、その他の世界の可能性について、すこし深く考えてしまう」というあれの一種なのだ。つまり世界には佐藤と、佐藤以外のものとがあり、そして佐藤以外のものが幸福でないとは限らないということ。みよ子には昔から、じぶんの知らないものを知りたいと思う好奇心がとても強いところがあった。

わたしは、そっと思い出した。目を伏せたときにだけひっそりと姿を見せる、深くに隠された奥のまぶたを。自己主張することなく静かに整列するまつげを。うれしいときにきゅっと持ち上がる右の目尻を、不安なときに揺れる大きな黒目を。わたしの知る佐藤を。

仕方がないことだ、とわたしは思った。わたしはみよ子の一部だけれどけっしてみよ子ではないし、みよ子はわたしを一部に含んでいるけれど、けっしてわたしではないのだった。

三月の終わり、空港まで、みよ子は佐藤を見送りに行った。

みよ子は空港に行くのが初めてだった。天井の高くて人が山ほどごった返す出発ロビーで、みよ子はとても心細い気持ちだった。

「じゃあ」

佐藤は言った。みよ子が大好きだった、切れ長の目でみよ子を見た。黒目がいつもよりほんのすこしだけ、頼りなく揺れているようにわたしには見えた。でも気のせいかもしれない。わからない。みよ子はすぐにたまらない気持ちになって、視線をそらしてしまったから。

「じゃあね」

目を見られないままみよ子はつぶやいた。その日も佐藤は黒いスキニーパンツだった。

「元気でな」

リュックサックをしょった佐藤はみじかく言った。それからハイカットの黒いスニーカーのつま先はきゅっと半回転して、まっすぐに歩き出した。

みよ子はあわてて視線を上げたけれど、佐藤は二度と振り返らなかった。もう一度だけわたしの目を見てほしい、とみよ子はそのとき強く思った。でもかなわなかった。吸い込まれるような黒目にひるんで目をそらしたことを、みよ子はとてもとても後悔した。

それからたくさん、みよ子は泣いた。

そうなってみると、わたしはこんなにみよ子を泣かせる佐藤のことをひどく腹立たしく思った。みよ子のために面接ひとつかんたんにやりこなせないでどうするというのだろう。みよ子の頭の二割を、ずっとひとり占めしていたくせに。

そう思っていたら、わたしはいつの間にか佐藤のことを嫌いになってしまったのだ。

五号車の二番ドアのところで三回目に会ったとき、みよ子は自分から、今度飲みにでも行きませんか、と武庫川圭一を誘った。いいですね、と武庫川圭一はマスクの向こうから言った。お気に入りのお店があるんですよ。

いくらなんでも、飲みに行ったらマスクを外さないわけにはいくまい、とみよ子は思ったのだ。

みよ子は何度か武庫川圭一にマスクを外させようと挑戦して、けっきょく失敗していた。のどあめをあげます、と一粒渡したときも、え、なんですか？　としつこく武庫川圭一の言葉を聞き返したときも、武庫川圭一はマスクを外さなかった。前者のときは、ありがとうございます、とあっさりポッケにしまってしまったし、後者は、もういいです、と言われるのが怖くて、みよ子の方から途中でやめてしまったのだけれど。

みよ子はどうしても、マスクを外してほしかった。

どうしても、武庫川圭一の口が見たかった。


一年くらい前、ぐうぜん岡センに会ったことがある。平日の昼間、みよ子は訪問先のビルの自動扉をくぐったところで声をかけられたのだった。

「おい」

みよ子は振り返ったけれど、しばらく誰だか思い出せなかった。

「霧ヶ峰みよ子だろ」

ちょっと垂れていて大きくて、眠たそうで、それでいて黒目にうるんだような輝きのともった、特徴的な目をしていた。こんな目をした人、忘れないと思うんだけどなあ、わたしは思った。

ぴんとこないみよ子を見て、あれ、といったふうで、岡センはひとつまばたきをした。大きくて強めの、目立つまばたきだった。

「俺だよ、岡本」

岡本。それはみよ子の脳の神経回路にふれるような、ふれないようなぎりぎりの単語だった。

もうひと押し、とみよ子の眉間にしわが寄る気配がした。

「ほら、岡セン」

岡センはじれたように言った。

岡セン。その名でようやく回路がつながって、みよ子の頭の豆電球が灯った。

「お久しぶりです」

なんだかずいぶん昔と印象がちがうみたい、みよ子は思った。

ナガミヒナゲシみたいにひょろひょろしていて前髪も長くって頼りない感じで、指揮をしているときだけかっこよく見えるのが、おなじ吹奏楽部で指揮者をしていたころの岡センだった。本名は、岡本なんとやら、というのだったけれど、岡本先輩、というよりはもっと親しみやすい存在として、みんなから岡センと呼ばれていた。まあみよ子にかんして言えば、面と向かってそう呼んだことは一度もないのだけれど。

歳を取ったせいか、清潔感のある髪型になったせいか、はたまたスーツを着ているせいか、岡センは指揮をしていないのになんだかとてもしゃんとして、ぱりっと糊の効いた人に見えた。そうだ、あのころは長い前髪で顔が半分くらいかくれていて、だからこんな目をしているなんてまったく気がつかなかったのだ。

「もしかして、ここにお勤めなんですか」

「そうだよ」

と言って、岡センはそこそこ名のある住宅メーカーの名前を挙げた。

「おまえは」

「わたしは取引先のかたに会いに」

みよ子の訪問先は、おなじビルにあったけれど岡センの勤め先とはちがった。

「へえ、おもしろいこともあるもんだな」

そうだ、と岡センは言って、胸ポケットの中から名刺入れを取り出した。けれど中を確かめて、やべ、と顔をしかめる。

「ちょうど切れちまってる」

岡センはまた胸ポケットの中から、今度はボールペンを取り出して、

「ここに、連絡先書いといて」

と言って差し出した。ここ、というのは知らない誰かの名刺の裏だった。

みよ子は、はい、とはきはき返事をして、電話番号とメールアドレスとどちらを書くかすこしだけ悩んだあと、結局メールアドレスを書いて渡した。岡センの勢いに押されて、自分の名刺を渡せばいい、ということを、みよ子はあとになるまで思いつかなかったのだった。

さんきゅう、と岡センは笑った。涙袋の下にぷく、と一本、濃い影ができた。それにはちょっ

とぱちりとさせられた。

「また連絡するよ。ひさしぶりに部活のやつらと飲もうぜ」

いいですね、みよ子は言った。

じゃ、という別れの挨拶と、なんかおまえきれいになったな、というせりふをまるでなんでもないことみたいにつなげて置いて、岡センはきびすを返していなくなった。自由奔放なところは、昔からおんなじだった。

それ以来まだ、岡センから連絡は来ていない。ということを、折にふれてみよ子は思い出す。そこにとりたてて深い感情はない、ただ、連絡が来ていない、という事実がときたま、六等星の流れ星のようにうっすらと頭の表面をかすめるだけだ。

字が乱れてうまく読めなかったのかな、そういうときみよ子は思う。やっぱり電話番号にすればよかったのかもしれない、と思うような、思わないような感じになって、それからまたすぐ、今日の晩ごはんやきのう見かけたかわいい靴について思いをはせる。

待ち合わせのお店は、イタリアンのワイン屋だった。みよ子と武庫川圭一の会社の最寄り駅近くにあるこぢんまりとしたお店で、武庫川圭一のお気に入りらしかったけれどみよ子は来たことがなかった。

店構えが、みよ子は好きだな、と思った。大学の卒業旅行でイタリアに行ったとき、こんな感じのすてきなお店がいくつもあったような気がして、そのときのことを思い出す。張り出した赤い庇、えんじ色に塗られた木の扉、ラフにメニューの書かれた黒板、庇の下には二つほどテーブルが出ていて、外でも食事ができるようになっている。金色のドアノブをひねって中に入ると、コックさんがふたりやっと入れるくらいのキッチンがお店のほとんど半分で、それと向かい合うかたちのカウンター席と、赤いクロスのかかったほんのすこしのテーブル席が用意されている。壁はいくつもの絵や写真と、空になったお酒の瓶で飾られていた。

みよ子と武庫川圭一は、カウンターの席に並んで腰かけた。武庫川圭一はマスクをつけたまま、自分にもみよ子にも見えるような角度でメニューを開き、視線を落とした。武庫川圭一のまつげは、黒目が文字を追って上下に動くのに合わせてちらちらとちいさくふるえる。暗い店内にうっすらと広がっている光がまつげの向こう側に透けて見えて、それはとてもとてもきれいだった。わたしはぼんやりとそれをながめていた。

「何を飲みますか」

そのまつげが急に上を向いてみよ子を見た。しまった、いっしょに考えないとならないなんてこれっぽっちも思いつかなかった。

みよ子はほっぺを熱くして、あわててメニューをのぞきこんだ。だけれど並んでいるのは見慣れないカタカナ語ばかりで、恥ずかしさもあいまってちっとも頭に入ってこない。

「うーん」

メニューをにらんでうなるみよ子に、

「赤か白か、スパークリングもあります」

武庫川圭一は簡潔に助け舟を出した。

「そ、それじゃあ、スパークリングを」

みよ子はやっとの思いで答えた。

武庫川圭一はうなずいて、かんたんな食べものといっしょに、スマートにそれを注文した。ワインのメニューひとつに目を白黒させていたみよ子だからか、何を食べたいかは、もう訊かなかった。みよ子はそれがありがたい、と思った。

注文を終えてしまうとなんとなく手持ち無沙汰で、みよ子はきょろきょろとお店の中を見回した。ふと、棚の上に飾られている巨大な瓶が気になって、ラベルを見たらペリエと書いてある、こんなに巨大なペリエがあるのか、巨大ペリエ、この中身ぜんぶがかつて炭酸水だったのか、とみよ子がなにやら感慨にふけっているうちにほどなくして、注文したワインが運ばれてきた。

みよ子はグラスに手をかける。武庫川圭一は、まだ、マスクを外さない。

みよ子は武庫川圭一を見た。武庫川圭一も、みよ子を見た。ごくり、とつばを飲み込んで、みよ子はたずねた。

「外さないんですか、マスク」

みよ子はたずねた。

「あなたこそ」

武庫川圭一も言った。きれいな二重の目がすこしだけ、さぐるように、おもしろそうに笑っていた。

「じゃ、せーので外しましょう」

「せーの」

下を向いて、緊張にふるえる指で、耳にかかるゴムをみよ子は外した。ようやっと武庫川圭一の口が見られる、はやる気持ちをすこし押さえて、ちいさく深呼吸をして顔を上げると、武庫川圭一のマスクはあっさりと外れていた。

鼻がむずむず、ときて、みよ子が大きなくしゃみをしたら、武庫川圭一の大きなくしゃみと、それはぴったり重なった。ふたりは顔を見合わせて照れたように笑った。

「なあんだ」

みよ子は言った。武庫川圭一の口は、とても自然だった。まつげはあいかわらずちゃんと魅力的に見えたし、かといって口が魅力的でないというわけでもなかった。

どんな口をしていると思っていただろう、みよ子は思い出そうとしてみる。たしかに、頭の中にぼんやりとしたイメージがあったはずだった。でもいまとなってそれをひっぱりだそうとしても、どうしても目の前の武庫川圭一の顔になってしまう。

ひとたび、見る、ということは、見る前にはけっして戻れないということだ。

「なあんだ」

武庫川圭一も言った。みよ子とおなじように。それを聞いてわたしは思う。

もしかしてこの二人って、もしかしてとても似ているのかもしれない。

「もっと早く外せばよかったなあ」

みよ子と武庫川圭一はかんぱいをして、グラスに口をつけた。

似ていることは果たしていいことだろうか、悪いことだろうか、わからない、恋が始まる気もするし、始まらない気もする、みよ子は思った。あるいは、わたしが思ったのかもしれない。

なんだかおもしろいな、と笑った、そんなわたしたちの胸の内を知ってか知らずか、武庫川圭一も笑った。

わたしは目尻にできた細かいしわが黒いまつげにとてもよく似合うと思う。

ハレ子と不思議な日曜日

きょうはへんな天気だ。

きょうが春なのなら、それはまったく問題のないことだ。と、いうのはお陽さまの光がぽかぽか暖かくて、いっしょうけんめい歩いていると、おでこやわきの下や鼻の下や、いろんなところに汗がにじんでくる、とか。じっ、としていると、まぶたがとろん、と重たーく閉じてくる、とか。そう、それはきょうが春なのなら、まったく問題がないことなのだ。しかしきょうは、れっきとした冬の日だ。そこが問題なのだ。だから、きょうがへんな天気だ、ってことになっちゃうのだ。

けれどきょう、わたしは群治とまちあわせの約束をしている。だからわたしは出かけないとならない。いや、まちあわせの約束などしていなくても、わたしはもしかしたら群治に会いにいくかもしれない。いずれにしても、とにかく、きょうがへんな天気であろうと、なかろうと、わたしは群治に会いにいくのだ。それは間違いのないことだ。

いつもならしっかりとコートのポケットにしまっている右手に、ちっちゃなトートバッグをぶらさげて、歩く。白い線の上を、はみださないように、はみださないように、一歩ずつ。モデル、もしくは、新体操選手。

そうしていると、まゆげの間あたりを、ちらり、とかすめた白っぽいものが、ひらひらと、右足のつま先の上にゆっくり着陸した。つまり、白い線の上の、わたしの白いシューズ、の上の、白っぽいひらひら。

見あげると、桜の花が満開に咲いていた。

「咲いてますねえ」

声のしたほうに首をむけてみると、お散歩の途中かしら、そんな感じの、深いグリーンのジャンパーを羽織ったおじいさんが立っていた。

「咲いてますねえ」

わたしも答える。

「でも、こんな季節に、めずらしいですねえ」

「きょうは、へんな天気ですからねえ」

なるほど、そんなようなものかしら、とわたしは思って、ふたたび季節外れの桜を見あげた。

「ハレ子さん、桜はお好きですか」

はい、好きです、と答えかけて、あれれ？　と思う。

「おじいさん、どうして、わたしの名前を？」

「きょうは、へんな天気ですからねえ」

なるほど、そんなようなものかしら、とわたしはまた思って、さいしょに思いついたとおり、はい、好きです、と答えた。

「桜はいいですねえ、大切な人のことを、思い出しますねえ」

おじいさんは言いながら、たのしそうに、ゆっくりと歩いていった。

そうだ、いいこと考えた。群治にもこの花、見せてあげよう。

思いつくととてもいい考えのような気がしてきて、うれしくなって、ポケットから携帯電話をとりだし、首がいたくなりそうなくらい上をむいて、カメラの照準をあわせる。うーん、もうちょっと、うしろかなあ。

ぎにゃ！

バックさせた右足のうらに、想像とはちがう妙にやわらかい感触を感じたそのとたん。

とてつもなく鋭く、殺気立った声がした。わたしはあわててふりむく。

猫だ。わたしとしたことが、猫のしっぽをふんずけちゃったのだ！

「うわわ！　ごめんなさい、猫さん」

「ほんとよ！　うしろくらい確認しなさいよ、このおたんこハレ子！」

うわわ！　猫が、しゃべった！

「いま、あっ、猫がしゃべった、とかなんとか、思っているんでしょう、おおかた」

わたしは目をまんまるくしたまま何度かうなずく。

「ふふん、これだからハレ子は」

猫はわたしのことを鼻で笑い、のんびり屋ね、と言った。

「だってきょうは、へんな天気なのよ。このくらい、おちゃのこさいさいってもんだわよ」

しっぽをひょい、ひょいとゆらしながら、得意そうにてけてけ歩いていく猫のおしり。ごめんなさい、ともう一度声をかけたけど、猫はふり返らないでさっさといなくなってしまった。

なんだか、きょうは、へんなのだなあ。きょうはへんな天気だから、みんながすこしずつへんになってるのだ。それでもって、おそろしいのは、みんながへんだから、その「へん」が、いまは「普通」になっちゃってるってことなのだ。

ということはつまり、わたしは自分自身まだ「へん」になっているつもりがないのだから、いま「へん」なのはみんなじゃなくてわたしのほう——のんびり屋だ、って猫が言ったみたいに——ってそういうことになるのだろうか。それとも、もうすでにわたしも「へん」になっちゃっているから、自分が「へん」になっていることに気づいていないだけなのだろうか。

「あら、ハレ子ちゃん、おでかけ?」

と、通りすがりのわたしにいつも声をかけてくれる肉屋のおばさん。おそるおそる、目をむけてみる。いつもはラーメンみたいにちぢれた控えめなパーマが、きょうはもりもりにふくれあがって、おおきな毛玉のよう。

「おばさん、髪型、いつもとちがうのね」

「あら、わかった?」

おばさんはうれしそうにはにかんで、髪の毛にそっと手をやる。

「ちょっと変えてみたの。だってきょうは」

へんな天気なんだもの。

おばさんの声とわたしの心の声が、きれいにシンクロした。

投函する口に手が届かないくらい、足長のせいたかのっぽになったポスト。とまった枝がしなりにしなっていまにも折れそうになっているくらい、でっぷり太ったすずめ。耳の穴に入れたイヤホンを守るように耳たぶが内側に閉じている男の人に、ぱっちりと長すぎるまつげが前髪と一体化している女の人。数々の「へん」なものたちをしりめに、しまいには小走りになりながら、わたしは群治とまちあわせをしている交差点にやっとの思いでたどりついた。

群治はわたしよりもひとあし先に到着していて、遠くからわたしの姿をみつけると、おう、と大きな左手のひらをあげてこちらへ合図してみせる。

「おいおい、そんなにいそがなくったっていいんだぜ」

群治の目の前にやっとのことで立って、肩で息をしているわたし。あきれたようにわらってみせる群治。ああ、よかった、やっと、群治に会えた。ほっとひと息つきかけて、わたしははたと気がつく。

群治だって、きょうはなにかがおかしいのかもしれないじゃない！

わたしはいそいで群治の真正面に立ち、せいくらべをしてみる。群治の下唇が、わたしのおでこのちょうどはえぎわのところにあるのを確認してまずはひと安心する、のもつかの間、手のひらの大きさも確かめないとならないことに気づいてしまう。手首のつけねをぴったりそろえたときに、わたしの中指の先が、群治の中指の一番目の関節と一致。正しい。

「群治、胸の前で、お祈りのポーズ」

「ハレ子、さっきからどうしたってんだよ」

「いいから、お願い」

わたしの剣幕におされてか、おとなしく顔の前で両手のひらを組みあわせ、お祈りのポーズをしてくれる群治。おかしなところがあるのに、わたしに隠しおおせようなんていうんなら、とんでもない。ぜったいにみつけてやるんですからね、と、鼻息あらくいきりたってみる。でも、右の親指のほうが上。正しい。

腕組み。右が上。正しい。左耳のうしろのほくろ。正しい。縦長のおへそ。正しい。右くるぶしの下の、むかしっからあるちっちゃな傷跡。正しい。

「ほんとうにどうしたってんだよ、ハレ子。お前さっきっからおかしいぜ、なんだかよ」

「群治」

「おう」

「へんなとこ、ないの?」

「へんなとこ?」

「そう、へんなとこ」

「まあ、へんなとこっていうんなら、ちょっと風邪気味で、のどがいがいがっとするかな」

「そういうんじゃあなくて」

「じゃ、どういうんだよ」

群治の黒目を、じっ、とみつめる。群治も、わたしの黒目を、じっ、とみつめている、多分。

「ないのね」

「う、うん」

「きょうはへんな天気なのに?」

わたしの質問に、はあ? となった群治の顔を見て、わたしは、こんどこそほんとうにほっとした。

「なあんだ」

ほんものの群治だ。普通の、おかしなところなんかひとつもない、わたしの知っている、群治なのだ。

そうしてその普通の群治と普通に接している、ということは、わたしだって普通も普通、いたって普通、まったくへんてこなんかではなかったのだ。よかった。ほんとうによかった。普通なわたし、普通な群治。普通、ばんざい！　わたしは思った。

わたしの顔がいきなり明るくなったからか、群治も、はあ？　という顔をほどいて、笑顔になった。

あんまりうれしかったので、そのまま群治の首にまきついてみたら、瞬間、空の色が、さっと変わった気がした。そんな気がして、見あげてみたけれど、もとの色がどんなだったのか、もう思い出せない。そうなってしまったらもう、ほんとうに変わったのかどうかは、たしかめようがないってことだ。

でもそんなこと、どうでもいいやあ、とぷかぷか思っているわたしの背中に、群治の手が、おずおずとふれた。

雨がやんだら

雨あがりには元気になる。手足のつめやまつげの先から、見えないエネルギーがぐんぐん飛びこんできて、体じゅうがみずみずしく、軽くて強くてしなやかになる。そんなふうにわたしの体に力がいっぱい、みなぎってきたものだから、あ、これはまた、ジョージがまずいな、とわたしは思った。

「せんせい、ジョージは」

保健室に飛んでいくと、やっぱり先生はうなずいて、奥のベッドをふりかえった。

ジョージはきょうもそこで、すやすやと眠っていた。

「ジョージ」

名前を呼んでみるけれどぴくともしない。ジョージの呼吸のリズムにあわせて、かけぶとんがふわふわと上下する。ああよかった、生きてる、それを見てわたしは安心する。雨あがりの日差しがジョージのほっぺたを明るく照らす。ジョージの眠っている顔はいつもあまりにきれいで、平和だ。

わたしは静かに、そうっとジョージに近づく。そうして乾いた手をにぎって、保健室の窓からひとりぼっちで、ハイソックスの両足をぷらぷらさせながら雨あがりの空を見る。それは青くて、澄んでいて、すこしだけ湿っていて、どこまでもつづいているんじゃないかと思って怖いくらいだ。

そのとき世界はいつもの何倍もの光を放ってわたしの目に映る。まるでパレットをひっくりかえしたみたいに色あざやかで、窓を開けなくてもなめらかな風のかたちを頬に感じる。雨と太陽のまざったさらさらした匂いが、鼻をかすめる。

でもそれから、ジョージとそのまま、ずうっと手をつないでいると、だんだんその光は薄らいでいく。色の濃淡のちがいはわからなくなって、風も匂いも、あれほどあざやかだった気配をすっかりひそめてしまう。

そしてやがて、しんとする。雪の降ったあとみたいに。そうなったとき、ジョージは目を覚ます。整ったまゆげがむずむず、とまぶしそうに動いて、黒くて長いまつげが薄く持ち上がる。

ジョージが戻ってきたことが、わたしにはわかる。

「マチ」

ジョージは、わたしがそこにいるなんてことこれっぽっちも思ってなかった、というように、みじかく、ただこぼれるように、わたしの名前を呼ぶ。

「ごめんな」

そして、うすうく、笑う。

「ごめんはなしって、いつもいってるでしょ」

わたしは答える。心からほっとして、すこしだけうれしくて、おなじくらい、うしろめたい。

小学校一年生のころ、雷がおちた。下校途中に夕立にあって、わたしたちは折りたたみ傘を二人でさして歩いていた。

急にざあっときたとき、「雨宿りしようぜ」とたばこ屋の軒先を指差して、のんびりやのジョージはいったのだ。でもわたしはその日友だちの家に遊びにいく約束をしていて、一刻も早く帰りたかった。

「ジョージが雨宿りするんでも、わたしは帰る」といった。折りたたみ傘はわたしのもので、だからジョージはそれに入っていっしょに帰っても、ひとりで雨宿りしても、好きにすればいい、といじわるをいった。それでジョージはしぶしぶついてきたのだ。

雨粒がばらばらと勢いよく傘にあたる音がうるさくて、もとからちいさな折りたたみ傘に二人で身をひそめるので、はみ出した肩やうではびしゃびしゃにぬれ、靴下のなかまですっかり水びたしになった。そしていつものようにジョージの家に先についた。

さしてくれていた傘を、ジョージがわたしに手渡そうとした瞬間、空が光った。光ると同時に、傘にふれた手のひらから腕、からだに、びりっときた。わたしはびっくりして、そのまま傘を放り投げた。

赤い傘は、風に乗ってふわりと舞い上がった。あ、と思って、見上げたら雨の一粒ひとつぶがわたしに向かって降りてくる様子がきらきらとスローモーションに見えた。顔やからだにふりかかるのが心地よく、きれい、とわたしは思って、そのわたしの右手をジョージがつかんだ。しゃがみこむジョージに引っ張られて、わたしも膝を折った。ジョージはそのまま、地面にゆっくりと横になった。黒いランドセルの背中を丸めて、ちいさく転がった。

それから赤い傘はゆったりと地面に着地した。わたしたちは容赦なくふりかかる雨でどんどんずぶぬれになった。わたしは途方にくれて、けれどジョージの手を離してしまったら、ジョージが遠くに行ってしまう気がして怖くて、ただそばでしゃがみこんでじっとしていた。さらさらさら、という雨の音がきめ細やかだった。

やがて通りかかったおじさんが救急車を呼んでくれて、ジョージは病院へ行った。まる一日、深く深く眠り続けたあと、ジョージは目覚めた。

それからだ。雨あがりにジョージは眠りこんでしまう。わたしはジョージの手を握って、わたしのところへまちがってやってきてしまうジョージのエネルギーを返してあげる。

ジョージの力がわたしのからだのなかにあるとき、わたしは世界を見たり、きいたり、かいだり、ふれたり、感じる力がいつもの十倍くらいになったみたいに感じる。それはジョージのいのちの力だ。ジョージのいのちがきれいだからだ、と思う。

七月に入ってすぐ、例年よりすこし早い梅雨明け宣言がわたしたちの住む地域にもあって、からりとした夏らしい日が何日もつづいている。これからしばらく晴れの日がつづく、という気象予報士の言葉を聞きつけてお母さんは、

「あら、じゃよかったわねえ、ジョージくん」

と台所からひょっとテレビをのぞいた。わたしはそのときトーストをかじっていて、うすく開いた窓からそよりと吹きこんできた朝の風が、半袖のシャツからとび出したわたしの二の腕に鳥肌をたてた。

なんとなくなにも答えないまま、噛みしめるたびに口のなかの水分をうばってゆくトーストをわたしはコーヒーで流しこんだ。

「いってきまあす」

となりのチータに、おはよう、とあいさつをすると、わん、と吠える。チータはいいなあ。テストもないし、天気のことなんかさっぱり気にしなくてもいいんだもん。

家のすぐそばの角を折れてしばらく行って、また一度だけ右に曲がるとバス停があって、そこから出るバスに乗ると学校へつく。バスにはたいてい毎日おんなじ人が乗っていて、ぎゅう詰めじゃないけれどそこそこ混んでいる。わたしはいちおう、単語帳をめくっている。

ときどき、キャンディをひとつぶくれるおばさんがいる。それも個包装になっていないで、カ

ンカラからじゃらじゃらっと出るの。わたしはよくめずらしいといわれるけど、それのハッカ味が好きである。

「いっつも大変ね、ほら、頭使うには砂糖が必要だから」

とそのおばさんはいうのだ。いつもおなじせりふ。

「手、出しなさい」

といわれて手を出すと、おばさんはカンカラをふる。ここでハッカが出るかどうかが、ある種、わたしのその日の運勢占いみたいになっている。

おばさんは無造作に缶をふっているようにみえて、じゃららっ、という二回ふりでひとつぶだけキャンディを出すのがとても上手だ。失敗して二個以上同時に出てきてしまったことはまだない。二回ふりで一個も出てこなかったことも。

ありがとうございます、とわたしはお礼をいってキャンディを口に入れる。手のひらがべたべたするけれど、なめてみたのは最初の一回だけだ。甘いのと、手のひらのしょっぱいのとまざった、やけにリアルな味がした。それからはいつも鞄にウェットティッシュを持ち歩いている。おばさんの目の前で手のひらをふくのはすこし気が引けるので、バスを降りて歩きながらふく。

学校の門の前に立っている守衛さんは、いつもみどりの制服にみどりのぼうしをかぶっている。ティッシュで手のひらをふいているわたしに、

「きょうは?」と守衛さんはたずねる。

「レモン」わたしは答える。

残念、と守衛さんは笑うので、わたしも笑う。その背中になんの前ぶれも、おはようのあいさつもなく、とつぜんぶつかってくるのがみはるちゃん。

「ねえねえマチ」

「みはるちゃん、おはよ」

「見て見て」

右手の小指だけをぴん、と立て、うしろ歩きになりながらわたしの目の前にずずい、と突き出した。

「わあ、かわいい」

みはるちゃんの小指のつめは桜貝みたいなつるんとしたピンク色をしていた。ぱっ、と手のひらを開くと、ほかのつめははだかのままだ。

「なんでひとつだけなの?」

よくぞ訊いてくれました、というように、みはるちゃんは得意そうにいった。

「おまじないなの」

たったひとつのこのツメに気づいてくれた人が、運命の人なんだって!

むふふ、とみはるちゃんは肺の奥の種がふくれるみたいに笑った。

いろいろな恋のおまじないが効果を発揮するからくりは、おまじないをしちゃった！　とうかれている女の子がかわいいというたったそれだけなのじゃないかとわたしは思う。だってみはるちゃんの足はいまにもスキップをふみはじめそうで、わたしはみはるちゃんが軽いステップをふみながら、階段をかけ上がるみたいにどんどん空まで飛んでいってしまうところだって、かんたんに想像できるくらいだ。

あれ、なんていうんだったかな、こういうの。

「夏だねえ」

空のてっぺんのいちばん高いところを見上げ、目を細めてみはるちゃんがいった。とても高く青く、わたみみたいな雲がもくもくしている。

「今年の夏は、からからららしいね」

「そうだね」

わたしはなんとなく空から目を離せなくなる。真ん中をすうっと飛行機雲が通り過ぎる。

「マチ、さみしくない？」

みはるちゃんはその雲の上にことばをそっと置くみたいに、たずねた。

「さみしくなんか、ないよ」

わたしは答えた。ちょっと胸をはって。

「ぜんぜんさみしくなんか、ない」

みはるちゃんは、そうだね、とほほえんだ。

わたしたち、まだおとなではないけれど、もうこどもでもないのだ。さみしがっている場合じゃない。

「マチもやったら？　おまじない」

みはるちゃんはうたうようにいって、親指でつるんと小指のつめをなでた。

「いつすてきな人がみつけてくれるか、わくわくするよ」

いいなあ、わたしは答えた。すてきな人、ってどんな人だろう。どんな顔してるんだろう。おとぼけボーイズのカズユキか、A組の田渕くんか。かっこいいよなあ。それともまだ見ぬ、毎朝おなじバスに乗り合わせている隠れたわたしのファンだろうか。

あ、そうだ、プラシーボ、っていうんだった。

試験のあいだは、机の配置がすこしだけ変わる。カンニング防止のために、いつもはくっついているとなりの席との間隔が、一メーターくらいあくのだ。それだけでわたしの体感温度はいつもより二度くらい下がっているんじゃないかと思う。なぜってわたしのとなりの席はトーヤマくんだから。トーヤマくんは、さわやかな夏じゃなくて、蒸し暑いほうの夏がよく似合う。

「いやあ、もうすっかり夏って感じだよなあ」

とトーヤマくんはすごくうれしそう。

「夏の前にテストだよ、トーヤマくん」

わたしは自分の席に腰をおろして、一時間目の数学の公式をもう一度見直そうとノートを取り出す。

「ちえ、つまんねえやつだよ」

といいながら、ちゃっかりわたしのノートをのぞきこんでいる。わたしは気にしないでわたしとノートの世界に閉じこもる。最後のこの時間こそが試験の結果の明暗をわけると、わたしは信じて疑わない。

「マチ」

けれどそんなわたしのことなんかおかまいなしなのだろう、トーヤマくんはその世界の外側数センチのところで容赦なくさわぎたてる。

「マチ」

平気な顔をして、大切なわたしの世界にずけずけと土足で踏みこんでくる。

「おい、マチ」

それでもなんだかにくめないのが、トーヤマくんの不思議なところでありやっかいなところでありずるいところでもある。わたしは観念してトーヤマくんに向き直る。

「なに」

「これとこれが、なんでイコールになるんだ？」

「ねえ、みはるちゃん」

とわたしは目の前のみはるちゃんに声をかける。ちょっとは自分で考えなさいよ、とかなりトーヤマくんにはいわれたくないことをトーヤマくんにいわれているけれど聞こえないふり。最初っから、教え上手のみはるちゃんに任せるのがいちばんなのだ。

みはるちゃんはくるりとふり返る。

「なんかトーヤマくんが数学の質問あるって」

どれどれ、とのぞこうとするみはるちゃんを、

「みはる」

とトーヤマくんがさえぎった。

「マニキュアここだけ落とし忘れてるぞ」

トーヤマくんはみはるちゃんの小指のつめをするん、となでた。

ばっと勢いよく、みはるちゃんがわたしに顔を向けた。わたしはしっかりとそれをうけとめる。

見開かれた目はいつもの一重からぱっちり二重に、迫力のある顔。

「ぎょえええ」

みはるちゃんは悲鳴をあげた。

そんな、気にすんなよ、とぜんぜんなにもわかっていないトーヤマくんはおおざっぱに声をたてて笑う。帰って落とせばいいでしょーよ、ととんちんかんなことをいう。

「休みがきたらさ、海に行こうぜ」

まぶしそうに目を細め、したじきで顔をあおぎながら、トーヤマくんがいった。

それを聞いたみはるちゃんは一瞬、すごく行きたそうに目をかがやかせた。だけれどすぐに決まり悪そうにそれをしまって、トーヤマくん、塾はあ？　と不満気にいった。

「しーらね」

トーヤマくんはそのいっしゅん、に気がつかないからダメだと思う、おとことして。がんばれ、トーヤマくん。わたしは心のなかだけで思う。

「なあ、マチだって行きたいだろ、海」

と、今度はわたしに話の矛先を向けてきた。

「行きたいけど」

ほうら、と勝ち誇ったように、トーヤマくんはみはるちゃんに向かっていってみせた。

「マチ、ジョージも誘えよ」

「えー、トーヤマくんが誘ってよ」

「なんで」

「最近ジョージとしゃべってない」

トーヤマくんは目をぱちくりとさせてわたしを見た。

「なんで」

だって雨がふらないから。と考えながらことばに詰まっているわたしに、

「あっもしかして、笹川女史のこと、気にしてんのか？」

トーヤマくんはいった。笹川女史？　どうしてその名前がいま出てくるのか、まったく寝耳に水だった。ジョージとおなじクラスの、ちいさくてかわいい女の子。

「あれ、聞いてねえの？」

「なあに？」

そうか、聞いてねえのか、といいながら、トーヤマくんはしまったという顔でだまりこんだ。

「なによ」

笹川女史、ジョージに告白したんだってさ。

いいにくそうにそういったトーヤマくんの形の良いあたまを、みはるちゃんが、ぱしん、と叩

いた。あんまりいい音が出たので、つい吹き出してしまった。

「数学でわかんないとこあるんでしょ。テストはじまるよ」

イッテ、とトーヤマくんはみはるちゃんをうらめしげに見つめ、叩かなくてもいいでしょうに、と文句をいった。

「まあみんなやりたいことやろうぜ、最後の夏だもん」

最後の夏。

それはわたしの心を動かす響きだった。ざざあんという波の音、さらさらした砂の足ざわり、潮の匂いも漂ってきて鼻をくすぐり、すべてがそのままからだじゅうにしみこんで息が苦しくなるような気がした。

「まあた、かっこつけちゃって」

はん、とけれどみはるちゃんは鼻で笑った。

「最後の夏、って、いいたいだけでしょ」

ばれたか、といって、いしし、とトーヤマくんは笑った。

あっ、ジョージ、なんか久しぶりだね、うん、え？　いや、別にどうしたっていうこともないんだけど、そうそう、きょうみはるちゃんとトーヤマくんと話してて、休みがきたら海に行こうっていってたんだけどジョージもいっしょに行かない？

うん、なにかちがう。

ジョージ、ごめん、日本史の教科書忘れちゃったんだけど、貸してくれない？　ありがとう、あっそうだ、きょうみはるちゃんとトーヤマくんと話してて……。

これもちがう。

などとあれこれ考えながら廊下を歩く。恋する乙女じゃあるまいし、とため息をついたところで、うしろから、よう、と声をかけられてふり向いた。

ジョージだ。

なにもいま来なくたって。

「元気？」とジョージがたずねる。

「うん、まあ」とわたし。

直後、冷たく響かなかったかどうか心配になる。

「テスト、順調？」とまたジョージがたずねる。

「うん、まあ」

と答えてから、さっきとおなじ受け応えをしていることに気づいてうろたえる。隣でジョージが頭をかいた。なにかわたしから話さなきゃ、と焦って、

「あっ、そういえば」

とわたしはいった。どういえば、なのかわからないけれどとりあえず。きょうみはるちゃんとトーヤマくんと……さっきあたまに思い描いていたせりふを取り出してこようといっしょうけんめいになっていると、ジョージが横からわたしの顔をのぞきこんできて、余計に集中できない。話してたんだけど、じゃなくて、話してて……？　あれ、なんていうんだったっけな。

「あっ、ジョージくうん」

うしろから声をかけられた。

「橋本先生が呼んでたよお」

ジョージとおなじクラスの女の子だ。ジョージに話しかける女の子のしゃべり方は、ぜんぶ語尾が甘えたようにのびて聞こえる、わたしって案外いやなやつなのかもしれない。

ああ、とジョージは答えた。

笹川女史、ジョージに告白したんだってさ。変なタイミングで、トーヤマくんのことばがよみがえる。

「行ってきなよ」

わたしはいうけど、でも、とジョージはためらった。

「マチ、なんかいいかけてたよ」

ううん、なんでもない、とわたしは答えた。

「なんでもないの？」

「うん、なんでもない」

ふうん、とあんまり納得していなさそうにジョージはいって、じゃ、またな、ときびすを返していなくなった。

情けないじぶんにわたしはため息をつく。やっぱりトーヤマくんに頼むとしよう。


みはるちゃんのスカートは規則正しく揺れる。制服はわたしとおんなじお店でつくったのだし、長さだってわたしとだいたいいっしょのはずなのに、なぜか、わたしのスカートはみはるちゃんのスカートほど重さが一定しないで、日によってやけに軽くなったり、と思ったら信じられないくらい重くなったりする。

「どうなの、トーヤマくん、運命の人だった？」

守衛さんに「オレンジ」とドロップの味を報告したあと、きょうはわたしのほうから、みはるちゃんの背中にぶつかってみた。みはるちゃんのスカートはやはりきょうも、いつもの安心なリズムですいすいと揺れていた。

「どうもこうもないよ」

ふり向くときも、すい、と優雅にひとつ揺れる。みはるちゃんはまゆげをさげてため息をついた。

「見ての通り、それ以上のことはなにもなし」

ふうん、そうなのかなあ。わたしは思って、静かにみはるちゃんのとなりをぽくぽくと行く。みはるちゃんは背がちょうどおなじくらいだから、とてもいっしょに歩きやすい。

じゃ、やっぱりおまじないは効かないのかな、とすこし残念に思っていると、

「うそ」

とつぜん、みはるちゃんがいった。

「え」

わたしはみはるちゃんの横顔を見る。おでこが広くて、こちらがどきまぎしてしまうくらいきれいにくるんと上を向いた黒いまつげの、みはるちゃんの横顔。

「あのとき、するん、て、なでたでしょう」

みはるちゃんはなんだか泣きそうな顔でいった。

「わたしのつめ」

ぷかぷかと、透明なしゃぼん玉みたいに丸い言葉を宙に浮かす、きれいな声。

「トーヤマくんの人さし指」

きっとそのとき、すごくあたたかかったのだろう、とわたしは思った。みはるちゃんのからだじゅうの全神経が小指に集中して、トーヤマくんの人さし指がそこにあることをひどくありありと感じてしまったのにちがいない。

「どうしよう、わたしおかしくなっちゃったのかも」

こちらを向くと、みはるちゃんの肩のところの髪がゆれる。

「おかしくなんか、ないよ」わたしはいった。「ぜんぜん」

「だけど、トーヤマくんだよ?」

なんでなんで、とみはるちゃんはだだっ子のようにさわぐ。

「じゃみはるちゃんは、するん、ってなでたのがトーヤマくんじゃなくても、いまみたいな気持ちになっていたと思う?」

それを聞いてみはるちゃんはくちびるを、むっ、と結んだ。

「そんなのわかんないよ」

「わかんないよねえ」

じゃなかったら、なんてそんなことといつだってわからないのだ。だってそれは現実にトーヤマくんだったのだから。そしてそれをやり直すことは、めんどうなことに、えいえんにできないのだ。

「わかんないよー」みはるちゃんがいった。

「わかんないよね」わたしもいった。

「わかんない」

「わかんない」

「わかんないよ、マチ」

「わかんないねえ、もう、わかんない人」

わたしの呼びかけに、はい、と答えて右手をあげたふたりの声が重なって、顔を見合わせて笑った。

わたしたちはそのあとしばらくわかんないといい合った。いくらいい合っても、わからないものはわからなかった。

でもわたしのわからない、のうちのいくらかが、みはるちゃんのわからない、と空中でぶつかって、ひとつになって、そのままずうっとのぼっていって、神様かどうかわからないけれど、そういう人がもしかしているかもしれないところまで届くような気がした。

わたしたちよくわからない。でもわからなくてもいいの。幸せになりたいの。ただそれだけなの。

その人はなんにも答えない。

わかっている。たぶん空の上には人なんかいない。遥か彼方上空は対流圏から成層圏に、中間圏に、熱圏に、宇宙につながっているだけだ。

それでもわたしたちは思うのだ。思うことに意味があるって、信じるほかないのだ。

「大丈夫だよね」わたしはいった。

「大丈夫だよ」みはるちゃんはいった。

たぶん、わたしに対しても、みはるちゃん自身に対しても。


雨はずっと降らなかった。科目別のテストが粛々とおこなわれ、それが全部終わって、テスト後の消化試合みたいな一週間がさらさらと流れていくあいだも、ずっと。

みんないつもといっしょだった。おなかがすいたら二十分休みに早弁をして、若くて気安く話せる先生には「せんせー、暑い」と授業中にも平気でどうにもならない文句をいい、五時間目はゆったりと舟をこいで、席がうしろのほうの子たちは先生の目をぬすんで絵しりとりのルーズリーフをまわし合った。放課後はそうじをてきとうにやって、ほとんどがめいめいの塾に向かった。もうすぐ夏休みが来ることなんか、だあれもなんにも気にしていないみたいだった。

わたしは一度だけ、ジョージに会った。授業中、ぼんやりと教室の窓から外を見ていたら、友だちと歩きながら購買の前をすぎてゆくジョージがちいさく見えたのだ。

肩をゆらしながらおかしそうに、ジョージは笑っていた。

あ、ジョージ。わたしは思った。

まるでそれが聞こえたみたいに、ジョージは顔をあげた。わたしを見ているのかな、わからない、もしかして校舎のそこの壁にくっついている時計を見ているのかもしれない、とわたしは思った。でも、ジョージは右手をひらっとあげた。わたしも、あげた。もちろんそんな距離じゃあ、小指のつめなんか見えっこなかったけれど。

「交通事故にはくれぐれも気をつけて。夏を制する者になってください。以上」

終業式とみじかいホームルームを終えて、トーヤマくんとみはるちゃんとわたしとジョージは、校門の前で落ち合った。わたしたち三人はクラスからいっしょに出てきたけれど、ジョージ一人がなかなか出てこなかった。

「ね、日焼けするよ、日陰で待とうよ」

みはるちゃんがいいだして、これから海に行こうってやつがなにいってやがる、とトーヤマくんが一笑に付したところで、ジョージはぬっと姿を現した。

「すまん」

「遅えよ」

日焼け止め代出してもらうからね、とみはるちゃんはわけのわからないことをいっている。

「文句ならハシモっちゃんにいってよ、話なげんだもん」

わたしはやっぱりジョージに会うのがひさしぶりで、いつもなにを話してたんだったかちっとも思い出せない。ジョージってこんなに声が低かったたっけ、こんなに肩幅が広かったたっけ、もうちょっと色白じゃなかったかな。

「わたしは、アイスがいいな」

なにをしゃべったらいいのかよくわからないまま、わたしはいった。「海の家で、アイス食べたいな」

しょうがねえなあ、とジョージは笑った。

「ハーゲンダッツはなしだぜ」

やったやった、とみはるちゃんもトーヤマくんも笑った。

コンビニでおにぎりやお茶やお菓子を買って、電車に乗った。乗りかえを一回して、四人でボックスタイプの座席に座った。ボックスタイプの座席は座るだけでわくわくするからすごい。窓際のミニテーブルみたいなところに、意味もなくお茶とかを置きたくなる。トーヤマくんとジョージは席で大盛りのカップ焼きそばを食べて、あたり一帯にソースの匂いが充満した。

もう一度、今度はちっちゃな電車に乗りかえた。水曜日の昼間、電車はすいていてとてものどかだった。このまま眠ってしまって、気がついたら見たこともない場所に着いていてもちっともびっくりしない気がした。

電車は民家と民家にはさまれた細いすきまを、レールに沿って静かに進む。

「うわっ」

「なに」

「いま、ちょっと海見えた」

「えっ、うそ、どこ」

「もう見えなくなった」

トーヤマくんが海を見たという、向かって左側の窓にぜんいんがはりつく。

「あっ、また見えた！」

「ほんとだ！」

「すげー」

どうして人は海が好きなのだろう。視界いっぱいにひろびろと横たわる青い塊を見た瞬間、心が水を張ったように静かになって、大きななにかにつつまれるように安心する。

はたしてジョージはほんとうにアイスをおごってくれた。スイカバー。わたしはスイカバーを右手に持って、砂浜にごろりと寝ころがる。海から上がったばかりなのでからだじゅうが湿っていて、細かい砂のつぶが頭から背中、足の先まで、わたしのうらがわ全体にびっしりとりつく。

それがなんとなくおもしろくて、ざら、ざら、と背中をこすりつけてみる。

アイスは冷たくて甘くて、塩水でしびれた舌においしい。

「きったねえな」

砂まみれのわたしを見て、ジョージは失礼なことを平気でいう。怒った顔をしてみせると、冗談だよ、と笑った。

「楽しいよ、ジョージも、ほら」

とわたしは左手をのばしてぽんぽんとやわらかい砂浜を叩く。おかげで手のひらも砂まみれになった。けれどジョージはそんなことなどまったく意に介さず、

「おれはいいよ」

と涼しい顔でとなりにヤンキー座りでしゃがみこむ。背中を押したらころんと転びそう、と思って、いたずら心がむくむくとわきおこったけれど、手が届かなかった。でこぼこしたジョージの背中のうえでたくさんの水滴が丸くなっている。からだをもう半回転させてみても、やっぱり届かなかった。これでわたしの四分の三周が砂にまみれた。

「楽しそうだなあ」

すこし遠くで砂の城づくりに夢中になっているトーヤマくんとみはるちゃんをながめながら、ジョージはつぶやいた。いっしょに参加していたわたしとジョージが、飽きて、海に入って泳いで、

それにも飽きてこうして休憩をはじめてもなお、ふたりはああでもないこうでもないと城づくりをつづけている。砂の城づくりがここまで奥深いとは、わたしはきょうまで思っていなかった。

「ジョージもまざってくれば」

わたしはいった。いや、といって、ジョージはスイカバーをかじる。

「あのふたりって、案外お似合いじゃない?」

わたしはいった。でもジョージは、そうかあ? と、「そ」と「う」のあいだにのばし棒が入る感じで笑い飛ばした。

「おれが思うに、トーヤマはもっとナイスバディーなねえちゃんとかが好みだよ」

ぜったいそうだな、とジョージはひとり納得している。たしかにみはるちゃんはナイスバディーというよりスレンダーなタイプである。日に焼けちゃうだろうなあ、と、わたしはみはるちゃんの白い肩を見つめる。

寝ころがったままアイスを食べると、口のなかのいつもとちがう場所が冷たくなっておもしろい。

「そうだ、ジョージ知ってる?」

わたしは起き上がった。ジョージはふり返った。

たぶんいまわたしのうしろ姿は髪の毛から背中までぜんぶ砂だらけでたいへんなことになって

いるけれど、わたしの左手も砂だらけ、右手にはスイカバーを持っていてべたついているので、払おうにもどうしようもない。

「こうやってほっぺた触るとね」

わたしはじぶんの左腕を持ち上げて、あたまのてっぺんをぐるりと半周し、そのまま左手の平で右のほっぺたを上から触った。

「他の人に触られてるみたいで、きもちわるいの」

腕があたまに巻きついている、わたしのかっこうがおかしいのだろう、ジョージは声をもらして笑った。

「本当かよ」

「ほんとだって、ほら」

わたしは左腕をあたまからほどいて、ジョージの右腕を持ち上げる。わたしの右のほっぺには、砂のつぶがぱらぱらと残った。本当かよ、とジョージはもう一度いいながら、わたしとおんなじかっこうでじぶんの左頬を触る。

「うわっ、ほんとだ」

「でしょ」

「すげえ」

でね、とわたしはジョージがわかってくれたことにうれしくなって調子に乗り、ジョージの左手からスイカバーをうばい取ってその手のひらをつかみ、あいている右のほっぺに今度は下から持っていく。ちょうど、勾玉がふたつ合わさった中国の陰陽のマークみたいな、あたまのてっぺんとあごの先に手をやる猿のポーズがよりきつく巻き付いちゃったみたいな、かっこうになる。

「こうするともっときもちわるいの」

いいながらわたしは、腕があたまをぐるぐる巻きになっているジョージがおかしくて笑ってしまう。ほんとだ、すげえ、とジョージも笑った。

トーヤマくんがこっちを指差して笑っている。それに気づいたみはるちゃんも笑う。笑ってんなよ、これ、ほんとにすげーんだって、とジョージはあっちのふたりに主張しながら、変なかっこうをやめない。わたしたちはおかしくてしばらく笑った。

「マチ」

ジョージがいった。腕がほどけた。ぺたん、と砂の上にジョージもとうとうおしりをつけた。ジョージの横顔も、耳のあたりがすこし砂でよごれている。

「なに」

「元気だった?」

海から風が吹いてくる。わたしは溶けはじめたスイカバーをジョージに返してあげる。わたしのもどんどん溶けて、スイカの種を模したチョコレートのつぶがアイスの山からずり落ちそうになっている。

「元気だったよ」

わたしは答えながら、アイスをいそいで口に運んだ。

「ジョージも、元気だった？」

ジョージもアイスをかじりながら、のんびりと答えた。

「元気だったよ」

ふうん、よかった、とわたしはいった。ことばの響きがなんだか妙に耳の鼓膜につかえて、わたしはじぶんでおどろいた。

「さ」

気をおちつけるように短く発声して、でもそうしてみるとその、さ、がよけいにしらじらしかったように思えて、のこりのスイカバーをいそいで口のなかにしまいきる。

大声で、みはるちゃーん、と呼ぶと、みはるちゃんは大きく手をふって、それからおいでおいでをした。みはるちゃーん、たすけてー。わたしは心のなかだけで思って、隣のジョージをみると、ジョージはくしゅん、とちいさくくしゃみをした。

帰りの電車のなか、みはるちゃんがデジカメで撮ってくれたたくさんの写真もみんなでまわして見つくして、太陽に焼かれ疲れ、波に揉まれ疲れ、笑い疲れて、なんとなく無口だった。

わたしはポッキーをかじっていた。ポッキーの濃い甘さが、足のだるいのをすこしでもましにしてくれるような気がした。みんなにもすすめたけれど、みはるちゃんとトーヤマくんが、それぞれ一本ずつ食べただけだった。ジョージはいらないといって、窓の外をぼんやりとながめていた。すると首筋が無防備にあらわになって、いつもは見えない耳のうしろのほくろが見えた。

大きな電車に乗りかえる、ターミナル駅がじりじりと近づいてくる。

不思議な焦燥感を共有していることを、みんなわかっていた。わかっていたけれど、いえなかった。いったらとうとうそれがほんとうのことになってしまう気がしたからだ。

けれどその、息がつまるみたいな沈黙にも焦れて、いちばん最初にがまんができなくなったのはみはるちゃんだった。

「わたし、いやだなあ」

ぽつりと、くちびるからころがり出るようにいった。いつものうるさい教室じゃあ、きっとだれも気づかないようなちいさな声だった。でも、しんと静まり帰った車内ではそうもいかない。

残りの三人がいっせいに、みはるちゃんの顔を見た。

だれもなにもいえなかった。もしもだれかが同調したりしたら、そのまま勢いがついてとまらなくなり、この恐れともさみしさともつかない感情が何十倍にもふくれあがりそうだった。それでみんなしばらくだまったままいた。それでも、いやだね、とやはりいいたくてむずむずしてきたわたしが意味もなく右側の髪を耳にかけたとき、

「べつに、変わんねえよ」

ふと、トーヤマくんがいった。

「学校があそこにあろうが、なくなろうがさ」

今度はぜんいんがいっせいにトーヤマくんを見た。

だけど、とみはるちゃんは怒ったようにつづける。

「校舎も先生たちもばらばらになっちゃって、そうしたら、だれが覚えていてくれるっていうの。わたしたちがいたこと」

べつにみはるちゃんはトーヤマくんに怒ってるわけじゃない、でもなにかにぶつけずにはいられないのだ。

「いいじゃんか、べつに、だれが覚えててくれなくたって」

とげとげしたみはるちゃんとはうらはらに、トーヤマくんはゆるやかな調子でいった。

「俺たちは忘れないんだから。俺たちはまた、どこでも会えるんだから」

来年も夏は来るよ、というトーヤマくんのことばを聞いて、みはるちゃんはすこし拍子抜けしたのか、でもまだちょっとだけすねたように唇をとがらせている。

「最後の夏っていったの、トーヤマくんじゃん」

たしかに、といってトーヤマくんはすこし笑った。

「でもだいじょうぶ、あれは嘘だよ」

「嘘なの？」

「うん。これから何度でも夏は来るよ」

「そうか」

「そうだよ」

そうしてトーヤマくんがやさしくみはるちゃんのあたまに触れた、そのときおだやかな光をわたしは見た。それはトーヤマくんがみはるちゃんに触れたところから、ちいさいけれどふわふわと、やわらかくて、あたたかくて、おひさまみたいにいい匂いがして、わたしはなんだか急に、まぶたと足の重さが倍になったみたいに眠気を感じはじめた。

トーヤマくんはやさしいからすこしだけ嘘をついたと、わたしはぼんやりしはじめたあたまで思った。いや、嘘というのとはちがう、その先にあるほんとうのことをいわなかったというほうが近いかもしれない。たしかに夏はまた来るし、わたしたちは何度でもまた会える。だけど、おなじわたしたちはもう二度と来ない。わたしたちは変わっていってしまう。きっとわたしたち自身にも制御がきかないくらい、すごい速さで、気づかないうちに。

わたしはトーヤマくんを、みはるちゃんを、ジョージを見た。いまこの瞬間をぜったいに忘れたくなくて目をぎゅうと強く閉じたら、からだじゅうの血が静かに逆流して、それを代償に時が止まるのじゃないかとなぜだか本気で思った。それはたった一瞬きりで、もちろん電車はことこととんと静かな音をたてて進みつづけるのだったけれど。

ターミナル駅で、わたしとジョージと、トーヤマくんとみはるちゃんは別な電車に乗りかえた。

「勉強にあきたら、連絡しろよ」

おいマチ、目がはんぶん閉じてるぞ、と、トーヤマくんがわたしをからかった。

ふたりと別れて、乗りかえの電車のホームまで歩いて、席に着くまでのあいだ、ジョージはひとこともしゃべらなかった。わたしはただ静かなジョージの背中について歩いた。ジョージは一度もふり返らなかったけれど、きっとそれはわたしがきちんとうしろについてきていることをわかっていたからだと思う。静かなジョージのうしろを静かについてゆく。それはとても心おだやかな時間だった。

「ね、わたしの、いったとおりだったでしょ」

席に着くといよいよ眠気が勢いを増して襲いかかってくるようで、わたしは口を開いた。眠ってしまうのはひどく惜しいような、いま眠ったら一生目が覚めないような、でもそうなったらそれはもしかしてとても幸せなことかもしれないような、どれが正しいのかわからないとりとめのない気持ちがぐるぐると果てしなく大きなうずを巻いていた。

「なにが」

「みはるちゃんと、トーヤマくん」

「ああ」

そうだなあ、といって、ジョージは笑った。

「なあ、マチ」

「うん?」

わたしを呼んだきりジョージはだまっている。ジョージにだまられると、寝てしまいそうだ。もうすこしだけ起きていたくて、わたしはやってくる睡魔から逃げるようにくちを動かした。

「わたし、おまじない、してたの。右手の小指にね」

けれども一秒たつごとに、くちも、まぶたも、どんどん重たーくなってくる。

「小指?」

「うん、マニキュア、そこだけに塗って、気づいてくれた人が、運命の人なの」

へえ、といってすこし呆れたように笑ったジョージの、くちびるから息がもれる音がきこえた。

「だけど、だあれも、気づいてなんかくれなかったよ」

そうか、といって、ジョージはまた笑った。

「マチ」

うん、とちいさく返事をして、ふり返ろうと思うけれど、あたまはなんだかもうずっしりと動かない。

「マチ、大丈夫かよ」

からだ全体が、やわらかい座席に沈んでゆくみたい。

これは、ふつうの眠気ではない。と、わたしは気づいていた。

はじめて、わたしのエネルギーがジョージに移っていくのだ。

なぜならもうずっと、雨が降っていないから。

思っていたより、ちっとも怖くはないんだなあ、とわたしはどんどんぼんやりしていくあたまのなかで思った。ふだんジョージがしているのとおなじ体験をしているということは、不思議でありながら、同時に奇妙な既視感をもってわたしの胸におちてきた。

「マチ」

ジョージの黒い目が、隣からわたしの顔をのぞきこむ。ああ、そうか、きっとジョージの目にはいま世界がものすごくきれいに映っているのだ、いつものわたしが見ているように。あれ、と、いうことは、わたしの顔もきれいに見えているってことなのかな、どうだろう、えへへ、とくだらないことを思いながら、返事をしようとするけれどもう難しく、一度ゆっくりとまぶたは閉じて、やっとの思いで開いた、けれどどうしても重力に負けてふたたび閉じたとき、もう一度開くことはできなかった。

わたしはそのまま底のない泥のなかにずるずると沈んでゆくみたいだった。

マチ、と遠くでわたしを呼ぶ声がする。なつかしい、どうしてもその人が呼ぶほうへ行きたい、と思う、でもそれがどっちなのかわからない。それはとてももとてももどかしい。

マチ、ともう一度、今度はすこし近くで声がした。わたしはやっと、わたしがどっちに進んで行けばいいのかわかる。

なあんだ、こんなに近くにいたの。

「マチ」

うっすらとした光がまぶしくて、一度ぎゅうと目を閉じた。それからゆっくりともう一度開けると、ぼやけた視界のなかにジョージがいた。

それからすこしずつ、全身の感覚をとりもどす。海の底の碇みたいに、重くシートにもたれたおしりや背中、腕やあしは一定の角度にまがったかっこうのまま固まって、わたしはすべての体重をシートとジョージにあずけて眠っていたことに気がつく。

わたしは顔をあげた。まばたきをした。光の粒がまつげの先から放たれるような気がした。呼吸をすると、肺胞のひとつひとつが空気の中の酸素の一粒ひとつぶを真摯に受け止めて、うれしそうにふるえる。視界が明るくて、とうめいで、この感じ、知っている、とわたしは思う。

わたしはあらためて、ジョージを見た。ジョージも、わたしを見た。

わたしたち、ずうっとおなじものを見ていたの？

「ジョージ」

わたしはジョージの名前を呼んだ。ジョージはそっと笑った。やさしい目が、よかった、といっているみたいだった。それからその目を深く深く閉じた。黒いまつげが細かくふるえた。

駅は終点だった。見たこともない駅で、ホームは暗くて、お客さんはほとんどいない。

「ジョージ」

わたしはもう一度名前を呼んだ。何度呼んでも足りないみたいだった。名前を呼ぶと、まぶたが開いた。奥二重のまぶた。ジョージが呼びかけに答えてくれることに、わたしは心からほっとする。だいじょうぶ、ジョージは生きている。わたしも生きている。生きていっしょにいる。

「遠くまできちゃったね」

「そうだね」

遠くのほうでブロッコリーみたいに群れた木々が、さわさわと楽しそうに、風に踊っていた。

「ごめんね」

「ごめんはなしって、いつもいってるでしょ」

ぜんぜん似ていないわたしのまねを、ジョージはした。わたしはおかしくて、笑ってしまう。

「いっしょに帰ろう」

それはあまりにもさらりとジョージのくちから放たれたので、わたしは一瞬、そのことばの大事さに気づかずにゆきすぎてしまいそうになる。いや、もしかしてそれはべつに大事なひとことなんかじゃあなく、あたりまえでなんということもない、ふつうのことなのかもしれない。

それでもたいせつに息を吸ってから、うん、とわたしは答えた。

千晴さん

きょうは千晴さんのくる日。

それだけで、帰り道の足取りもふわふわとかるくなる。足のうらが地面から、三センチくらい浮いているみたい。

友だちに、なんかいいことでもあったの、って、訊かれる。でもわたしは、べつにぃって、答える。ほんとうはこれから、あるんだけど、と思いながら、わたしはそのことを誰にも言わないで、秘密にしている。それはわたしと、千晴さんだけの、秘密なのだ。


千晴さんは、千晴、という名前だけど、男のひとだ。わたしたちの寮で、週に三回、晩ご飯をつくってくれる。

寮の晩ご飯は、毎日七時から八時の間。

七時くらいに食堂に行くと、大挙しておしよせた寮生たちが、いつだって長い列をつくっている。そして千晴さんはただひたすらに、ごはんやおかずを盛る。手渡す時には必ず笑顔で、めしあがれ、って言ってくれる。

七時半くらいに行くと、人はまばらで、千晴さんはたいてい台所のお片づけをしている。ごはんをもらいに近づいて行くと、やっぱり笑顔で振り返って、ほっかほかの湯気がたっているのを、ていねいにお皿に盛ってくれる。ひとが少ないぶん、めしあがれ、のほかに、きょうのスープうまいよ、とか、もうひとこと付け加えてもらえる。

八時には、何人かぱらぱらとかけこみの子たちが集まる。みんなにごはんを盛ってあげた後、千晴さんは自分のぶんを用意して、食堂の隅でごはんになる。自分でつくったものだけど、必ず、いただきます、って、手を合わせて言う。千晴さんの一口は大きくて、ものの十分でぜんぶ平らげる。お箸の持ち方が、とってもきれい。


七時や七時半に行ったときには、ごはんを食べ終わって、一度部屋に戻ってから、八時に行ったときには、のんびり食事をして、いちばん最後のひとりになって、どちらにしてもわたしはこっそり、千晴さんの台所に忍び込む。

「また来たな」

と言って、きょうも千晴さんは笑った。

隅っこの丸椅子に腰掛けて、

「きょうはなにをつくったの?」

わくわくしながらわたしが訊くと、千晴さんはにやりと笑って、銀色をした大きな冷蔵庫に向かっていった。扉をあけて、奥からなにやら取り出してくる。

この瞬間、わたしはいつもどきどきする。千晴さんの手から生まれた、とってもきれいで、おいしいものと、はじめて対面する瞬間。

「オペラ、っていうんだよ」

真っ白なお皿の上に、四角い形のきりっとしたケーキが、優雅に腰を据えていた。

は、はじめまして。わたしはすこし緊張する。

いちばん上にかかっているチョコレートはするりとなめらかで、すべすべして、とてもきれい。わたしはそれに静かにフォークをいれて、ぱりんと割るところを想像する。チョコレートの上にはきらきらの金箔が、粉雪みたいにまぶしてある。

なんてすてきなんだろう。


千晴さんは、お菓子をつくる学校に通っている。だから寮でのお仕事は、学費の足しにする、アルバイトなのだ。その日学校でつくってきたお菓子を、いつも冷蔵庫の中に隠していて、ごはんが終わったあと、わたしにこっそり食べさせてくれる。

はじめて千晴さんのケーキを食べたのは、一ヶ月くらい前、まだ千晴さんが寮にくるようになったばかりのころだ。その日わたしは食堂に八時にすべりこんで、のろのろと食事をしていて、気づいたら最後のひとりになっていた。あ、いそがなきゃ、と思ったとき、千晴さんはまるでわたしの心を読んだみたいに、いそがなくていいよ、って、言った。そして続けた。きみ、ケーキ好き？

わたしは時々思う。その日、ふと、なぜだか千晴さんの気が向いたその日、最後にひとり残っていたのがわたしじゃなかったら。そうしたら、千晴さんはその子にケーキをすすめて、この習慣は千晴さんとその子だけの秘密になっていたのかな。

それはとてもかなしい想像だ。

千晴さんはわたしのためにオペラをちいさく切って、いつものように特製のホットミルクをつくってくれた。千晴さんのホットミルクには、はちみつと、いい匂いのするお酒が、ほんのちょぴっとだけ入っている。その分量が、絶妙なのだ。これ以上においしくて、おやすみ前にぴったりのホットミルクは、この世に存在しないとわたしは思う。

「うまいか?」

ケーキのひとくち目を口に運んだわたしを、千晴さんは洗い物の手を止めて、みた。

いろんな味のクリームがいくつも重なりあって、口の中でそれぞれのスピードで、溶けてなくなってゆく。ぎっしりと甘くて、それでいて濃厚すぎず、とても繊細な、高貴で美しい見た目そのままの味。

どう? おいしいでしょう、あたくし。

「やった」

わたしはまだなにも言っていないけど、千晴さんはうれしそうに笑った。

「なみちゃんがほんとうに気に入ったときの顔だ」

よしよし、と言って、満足そうにうなずいた。


なみちゃんは食べさせ甲斐がある、と、千晴さんはいつも言う。なにを食べても、おいしい！　って、うれしそうにする。だけど特別気に入った時は、いつもの比じゃない。ほんとうに幸せそうに、溶けちゃいそうな顔してるんだぜ。まさに、ほっぺたがおちてる、って感じの。

と、言われても、わたしにはわたしのことなのでよくわからない。でも、千晴さんが、いい、って言ってくれれば、わたしはそれでよくて、そのほかのことはなんでもいい、と思っている。


「ねえねえ、千晴さん」

「んー？」

「千晴さんは、どうしてお菓子をつくる人になろうって、思ったの？」

突然の質問だな、と言って、千晴さんはちいさく笑った。

「甘いものが、好きだった？」

「それも、あるなあ」
「手先が、器用だった?」
「それも、あるなあ」
わたしは、わたしの知らない、お菓子屋さんを志す前の、千晴さんを想像する。いまよりもずっと、若くて、角があって、わたしのクラスにいる男の子たちみたいなころの、千晴さん。だけどなんだか、あんまりうまくいかなかった。それはたぶん、千晴さんがあんまりにも、わたしの記憶の中で、いつも穏やかに笑ってばかりいるからだと思う。

千晴さんは、すこし前まで、「ふつうの会社」に勤める、「ふつうのサラリーマン」だった。だけどあるとき、お菓子屋さんになろう、と心に決めて、仕事をやめた。

なにをしているんだろう、俺は、と、千晴さんは思ったと言う。一日のうちで、そう思いながら仕事をしているときと、やる気ややりがいや、喜びなどを感じながら仕事をしているときとが、たえまなく繰り返されていたと言う。そうして徐々に、なにをしているんだろう、と思っている時間が増えていった。とうとうある日、一日中、なにをしているんだろう、と思いながらその日の仕事を終えたとき、千晴さんは決意した。会社をやめよう。

それからは貯金がなくなってしまわないように、ここでしているみたいなアルバイトをほかにもいくつか掛け持ちして、千晴さんはいまの学校に通っている。

「でもいちばんは、たぶん」

しばらく無言でお皿を洗っていた千晴さんは、忘れたころに声を上げた。さっきの話はもう終わったもんだと思っていたわたしは、ちょっとだけ驚いて、千晴さんをみた。

「たぶん、おいしい、っていう言葉と笑顔が、単純に大好きなんだよな」

ほら、いつものなみちゃんみたいにさ、と、千晴さんは照れ隠しみたいに付け加えた。

幸せそうな千晴さん。笑うと目尻のところにしわができる。それは千晴さんのいままでの、悲しみや、苦しみや、痛みや、喜びや、もらった愛や、あげた愛を、ぜんぶすいこんで刻みこまれた、深いふかいしわ。

千晴さんをみていると、わたしは時々胸がいっぱいになる。

わたしは、どうせ、過去の千晴さんを知らない。それはしょうがない。時間は戻りっこない。だから代わりに、だめかなあ。せめてこれから先はずっと、わたしが千晴さんのケーキをいちばんに食べられたら、いいのに。

「千晴さん」

わたしは千晴さんの名前を呼んだ。この世でいちばん、わたしの声を晴れやかにする、世界にひとりの千晴さんの名前を。

「ん?」

千晴さん。

「ケーキ」

「うん?」

千晴さん。

「大好き」

えへへと笑ったら、千晴さんも太陽のように笑って、さんきゅう、と言った。

わたしは、ぬるくなりはじめているホットミルクを、ぐぐっと飲み干した。

「そろそろ、お部屋に帰る」

「もう?」

「だーって」

いまここで、もう? って言ってしまう千晴さんが、やさしいのか、やさしくないのか、わたしにはもうわからない。そういうのがわかるところを、わたしはもうとっくのとうに行き過ぎてしまったみたいなのだ。

だって。

「きょう、奥さんの誕生日でしょ」

覚えてたんだ、と千晴さんは言って、すこしだけ目を丸くした。

覚えてるよ。

「こないだそう言ってたもん」

そうだったっけか、と言った千晴さんは、お菓子の話をしていたときと同じくらい、幸せそうに、やさしく、やわらかく笑った。

「おやすみなさい、千晴さん」

「おやすみ」

またきょうも、千晴さんのいる、一日が終わった。わたしの一日は、夜のほんの数時間にだけ、ほんとうに、とても鮮やかな色がつく。

あしたは、千晴さんはこない。

千晴さんのくる、月曜日と、水曜日と、土曜日、千晴さんのところでケーキを食べて、おいしいおいしいミルクをのんだあと、お風呂に入っているときも、ベッドに寝ころがっているときも、わたしはただ一生懸命に、千晴さんのことを思い出す。きょうのケーキの味、めしあがれと言ってくれたときの笑顔、そのあとに続いた言葉、深くて優しい声、ケーキの感想を待っているときの真剣なまなざし、お皿を洗っている泡だらけの手。いつかわたしに好きな人ができても、その人と結婚しても、決して千晴さんのことを忘れたりしないように。

わたしが千晴さんに会えなくなる日は、くる。それも、そう遠くはない未来に。

そうなったとき、悲しくないように、後悔しないように、わたしはできるだけたくさんの千晴さんのかけらを、大切に胸にしまっておく。

水出先生

みんな泣いているみたい。信号も、街灯も、車のヘッドライトも、コンビニの灯りも駐車場の看板も、光るものはみんなじんわりと万華鏡のようににじんで見える。けれども左目を隠すと、すべてのものがぱっきりとした輪郭を取り戻し、固そうにちいさくまとまる。そういえば、いつもの世界はこうだった、と思い出す。思い出すと、ため息の粒が肺の奥でむくむくと大きくなりそうになって、それでも出てくる前にしぼんだ。

「北側」

声をかけられて、わたしはふり返った。

「先生」

ちっとも気がつかなかった、と思い、それから、左の方から来たからだ、と気がつく。

きょうわたしは、左目のコンタクトレンズを落としてしまったのだった。

「まだいたの」

きょうわかったのは、左右の目の見え方が違うというのが、思ったよりもずっと疲れるということだった。世界のピントが合わないので、からだ全体がうすい膜に包まれてしまっているようなのだ。

「寄り道してたの」

というわたしの声は、けれどちゃんと先生に聞こえたようだった。その証拠に先生は、寄り道?

とたずねた。

ああ、よかった。わたしは心の中だけでそっとため息をついた。

先生のスーツの肩に指先を伸ばしてみると生地がざらりとする。先生は本物なのだった。そして、わたしが先生のいる世界から切り離されてしまったというわけでもないのだった。

「どうしたの」

急に肩に触れたわたしに、先生は不思議そうにたずねる。

「ごみがついてた」

と教えてあげると、その通り信じてしまう。先生はほんとうに、笑ってしまうくらいいい人である。

先生を見ていると、わたしはときどきモーリシャス島のドードーのことを思う。空を飛べないのに警戒心がまるでなく、短い間に人間にたくさん捉えられて、あっけなく絶滅したドードーのことを。

先生、とわたしは話しはじめる。

「先生わたし、このあいだあそこの駅ビルの文房具屋さんで、委員会の備品を買ったの」

うん、と相槌をうってドードー先生は目を細めた。

「そうしたらなんだかキャンペーンやってるって、抽選券を九枚もくれて、それできょう抽選にいったの、そしたら駅ビルで使える百円券が一枚当たったたんです」

すごいじゃない、と先生はいった。けっしてわたしを子供扱いしているのではなくて、本当にすごいと思っているのだ。

「でも九枚もあったのに」

百円券は、参加賞のティッシュの次に良い景品だ。わたしは口の中でぶつぶつぶやいた。

「じゃ、いまティッシュ八個も持ってるの」

そう、とうなずいて、先生にもあげる、とかばんを開こうとすると先生は、いいよ、と少し笑う、けれどわたしは正直にいってこんなにたくさんのティッシュを持て余していて、さらにいえばそのせいでかばんがふくれてしまっているのが嫌だったので、三つ先生に渡した。ありがとう、といって、先生はそれを受け取った。

「それでね、百円券をドーナツに変えたの」

とわたしがいうと先生は心からうらやましそうに、いいなあ、といった。

「いいの?」とわたしはたずねる。

「いいじゃない」と先生。

「いいの?」とわたしはもう一度たずねる。

「よくないの?」と少しいぶかしげな顔になって先生。

「だって、それはりっぱな横領よ、先生」

先生はしばらくきょとんとして、それから、楽しそうに声をあげて笑った。

「ばっかだなあ」

先生が笑った。うれしくてわたしも少し笑った。

「ほんとうに、北側、きみはいつもそんなことを考えているの?」

といった先生の声が少しずつ、かげっていった気がして、わたしは先生の方を見た。ほんのわずかな時間だけ、わたしのうえで合っていた気がした先生のきれいな茶色い目の焦点はするり、とわたしの奥でむすばれた。先生はわたしのひじをそっと引いた。うしろを見ると、ひとの波がなにかの障害物をよけて、流れを変えていた。

「瀬を早み……」

「瀬を早み?」

「っていう句を、思い出した」

わたしがいうと、先生はまたしばらくきょとん、とした顔をして、そしてまた笑った。

さっそうと改札をくぐる先生の背中に、わたしは置いていかれないようについていく。

先生のぼやけた黒い革靴が、階段を一段とばしでのぼってゆく。かんたんに置いていかれてしまう、とわたしは思うけれど、不思議とそうはならない。先生はやさしいからだ。わたしはグレーのスーツの背中にただただ着いてゆく。かるがもの子供みたいに。

階段をのぼりきると、ちょうど列車が来て、扉が開いていた。風が吹いて、湿ったような夜の匂いがして、先生の前髪がふわふわと揺れた。ホームにあふれていたひとたちがつぎつぎと車内に吸い込まれてゆく。停車のメロディ放送が鼓膜をたたいて、光がやたらに多くて眩しくて、わたしは少しめまいがしそうになる。

「じゃ、気をつけて帰るんだよ」

先生は電車に吸い込まれる前に、大きな右手を挙げた。やはり前髪をゆらしながら。

「さようなら」

ひとの波にもまれながらわたしはいった。

ぱーん、と警笛をならしながら、反対側のホームにも電車がすべりこむ。わたしは先生に背を向けて、ふり返らなかった。先生がふり向けばいいのになあ、とかすかに思うけれど、わたしがふり向かないので結局、先生がふり向いたかどうかは永遠に謎のままになる。

わたしも電車にのりこんで、つり革を握りながらさっきの、右手を上げた先生が星の王子様みたいだったな、と少し思う。思っていると、

「北側」

と声をかけられて、ふり返った。

「先生」

ちっとも気がつかなかった、と思い、それから、左の方から来たからだ、と気がつく。きょうわたしは、左目のコンタクトレンズを落としてしまったのだった。

「あら、生徒さん?」

歌うような声が、先生の陰から、聞こえた。目を凝らすと、先生はうしろにちいさなひとを隠している。そうか、わたしいま遠近感がわからないから、このひとこんなにちいさく見えるのかしら。

「うん。文化祭委員の北側さん」

先生はわたしのことを、ちいさなひとにそう紹介した。わたしは誰にも気づかれぬまま、かすかに、傷つく。文化祭委員の北側さん、二年B組の北側さん、生徒の北側さん。先生の中でわたしはただのわたしではない。わたしの中で先生はただの先生なのに。

「こちら、妻です」

先生は、ちいさなひとのことをそう紹介した。妻。

「はじめまして、妻です」

妻たる人物はふっくらと笑った。はじめまして、とわたしは答えた。先生の妻として、ただそれだけの存在としてここに立っている人。本当は誰なのだろう。分厚いくちびるの、口角の上がり具合の左右対称性がわたしは怖くなって、視線をそらした。

「いつも主人がお世話になっています」

主人。わたしは先生のお世話なんかしていないけれど、と思った。思っていたら、

「お噂は、かねがね」

などといってしまった。

「やあだ、どんな噂かしら」

妻はそれを聞いてころころと笑った。

かねがねって、なんか変な言葉、と、わたしはどうでもいいことを思う。そうだ、今度先生に訊いてみよう。先生、どうしてかねがねはかねがねっていうの。

「どうしたんですか、おふたりで」

どうしたら良いのかわからずに、わたしはまた訊きたくもないことを訊く。

「たまには待ち合わせして食事でも、って主人が」

主人を横目で見ながら、妻はそういった。主人は照れたように、妻の言葉に半端な感じでうなずいている。

すてきですね、といって欲しいのかもしれないけれど、わたしにはいえなかった。先生はただの主人なんかじゃない。

わたしはそっと左目を左手で隠した。妻の輪郭ははっきりとひとつになった。やはり本物なのだ。どうしたんですか、と妻は不思議そうにたずねる。

「きょうさ、コンタクトレンズ片目だけ落としちゃったんだって、ばかだろう」

先生が横からいって、楽しそうに笑った。わたしも楽しくなって、笑おうとした、けれどその前に、

「生徒さんのことをばかだなんて、そんな」

と主人に、そして、すみません、と生徒さんに、妻はいった。

妻は当然のように、主人のかわりに生徒さんに謝罪する。いいえ、そんなことなんでもありません、とわたしは思った。わたしは妻にとってただの生徒さんでも、妻にとっての主人はわたしにとってただひとりの先生だからだ。そのことをわざわざ、先生や妻にいうつもりはなかったけれど、考えていたらなにも気のきいたことをいえず静かになってしまって、そうしたら結局、いってしまったのと同じことだと思う。

わたしはもう諦めてしまって、そっと、首をもとの角度にもどした。すると先生も、妻も、ぼやけた視界の中に消えてしまう。最初からなにもなかったみたいに。

だいたい、きょうは最初からついていないのだ、とわたしはひとり考える。コンタクトレンズを落としたときからそれはわかっていた。ついていないのだから、こんな日に福引きをするべき

ではなかったのだ。

　そういえばわたしの前の人、一度しか引いていないのに、わたしと同じ百円券が当たっていたなあ、と、わたしはくだらないことが気になりはじめる。そうだ、あのときわたしは福引き所の手前で、持っている券がこれで全部だろうか、と枚数を確かめていたのだ。もしもわたしがそんなことをしないでさっさと列に並んでいたら、わたしはあのひとの代わりに福を引きあてただろうか、と考える。わからない、あれはあのひとの福であって、わたしの福ではないのかもしれない。

「北側さん」

　しのごの思考していたわたしは名前を呼ばれて、つり革を握る自分の手から、声のした方に視線を落とした。

　わたしを呼んだのは、目の前に座っている男の子だった。右目と左目の視野の境目で、男の子はぼんやりと溶けてしまいそうなぎりぎりのところを保っている。

　きょう、左目のコンタクトレンズを落としてしまったのだ。そのせいで世界は歪んでいる。

「北側さんでしょ」

　きっと怪訝そうな顔をしているのだろうわたしに、男の子は念を押すようにもう一度いった。

　たぶん、小学校低学年くらいだろう。制服の半ズボンから、棒のように細くて白い足が飛び出していた。頭の上には少し大きすぎる紺色の帽子が乗っていて、その下に隠れそうになっている、黒目がちな目がだれかに似ている。だれだっただろうか、たぶんわたしの、とても好きな人に。

「健太だよ」

悩んでいるわたしに、健太くんはいった。それを聞いて腑に落ちる。笑ったときの気の抜けた顔が、先生にそっくりだ。

それがわかってしまうと、ついさきほど自分の胸に降ってきた、とても好きな人、という概念が見慣れないもののように、少しの違和感をもってわだかまりとして残った。人はなにかを思い出すとき、そのものを思い出す前に、それが好きか嫌いか、楽しいことか嫌なことか、そのものにまつわる感情を先に思い出す、わたしはそれをいつも不思議に思う。そしてそれはあまりにも正直で、ときどきあまりにも酷だと思う。

「どうしてわたしのこと知ってるの」

「パパの写真で、見たことある」

きっと去年の林間学校のときの写真かなにかだろう。これは北側さん、と、先生はきっとそういったのだ。うれしい気もするし、悲しい気もして、わたしはわたしがほんとうはどう感じるのが正解なのか、すぐにはわからない。わからないのでなにも感じないようにする。

「健太くんは、学校の帰り？」

「塾行ってた」

「もう、塾行ってるの、たいへんね」

そうでもないよ、と健太くんは大人びた口調でいった。

「新しいことを教わるのは、楽しい」

となりに座っていたおじさんが電車をおりて、うれしそうにわたしを見上げながら空いた座席をたたいたときの健太くんは、けれどやっぱり子供だった。わたしたちは子供同士だ。先生とわたしの歳よりも、わたしと健太くんの歳の方がずっと近い。そしてその近さを、ずっと、と思うのも、わたしが子供であるからなのだ。

わたしは健太くんの右となりに腰を掛けた。

「今日はね、さんすうだった」

「算数。なにをやったの」

「九九だよ。学校ではまだ三の段までしか習ってないけど、塾では九の段やったの」

くいちがく、くにじゅうはち、くさんにじゅうしち、と健太くんは指を折りながら呪文のように唱え始める。

すごいじゃない、と本心からほめると、えへへ、とうれしそうに健太くんは笑って、興が乗ってきたのか、

「けんた、のけん、ていう漢字もね、まだ学校では習ってないけど、もう書けるんだ」

と続けた。手、出して、とわたしの右の手のひらに、ちいさな指で、健、と書いてくれる。わたしはくすぐったくて笑ってしまいそうになる。

「あ！　じゃ、おれここでおりるから」

健太くんの湿った手のひらがふいにわたしから離れた。

「そう、気をつけてね」

またね、と健太くんはいった。また、会うことがあるのかしら、とわたしは思う。細くてちいさなからだは林立する大人のあいだをくぐりぬけて、すぐに見えなくなった。

健太くんのくちびるは、ぷっくりしていて、なんだか、女性のようだった。もしかしてくちびるはお母さん似なのかもしれない、と思う。するとそのお母さんの赤いくちびるがとても濃いデジャビュのようにして、わたしの目の前に降ってくる。けれどそれもすぐに霧のように消えてなくなってしまう。なんだかきょうは変なことばかり起こる。すべてコンタクトレンズを落としたせいだ。

健太くんのお母さんは、彼の母でもあるし、先生の妻でもある。そして、ひとりの女性であり、人間でもある。それってどんな気持ちだろう。わたしにはわからない。先生は健太くんの父であり、先生の妻の夫であり、ひとりの男性であり、人間である。それがどんな気持ちかも、わたしにはやっぱりわからないと思った。

「北側」

と声をかけられて、わたしは顔を上げた。

「先生」

わたしは先生の顔を見上げた。わたしはそのとき先生の顔を見て、どうしてかすごくほっとした。

先生は、わたしの右隣の座席にするりと腰掛けた。空いているのがそっちの席でよかった、とわたしは思う。

きょう、左目のコンタクトレンズを落としてしまったから。

「どうして、ここにいるの」

「先生たちと飲んでて」

そういわれると、いつもより少しだけほっぺたが赤い気もする。あー、よっぱらった、といって、先生は首の後ろを手のひらで押さえた。

「きみも、ずいぶん遅いね」

「寄り道してたの」

「寄り道?」

「ドーナツ」

「ドーナツ?」

「買ったの」

いいなあ、と心から羨ましそうに先生はいった。怒らないの、とわたしはたずねた。

「どうして怒るの」

「悪いことしたくてやったの、わたし」

ふうん、と先生はいった。

「どうして悪いことしたくなったのかは、訊きたくないなあ」

「どうして?」

「それも答えたくない」

「どうして?」

「訊いたらきみは答えないだろう、っていったら、きみは答えないだろう」

わたしはそれでも答えずに、だまっていた。先生は笑った。まるでこうなることをわかっていたみたいに。

「なにか嫌なことでもあったの」

先生はわたしの目を見てたずねた。そうしてわたしは初めて、自分の中の違和感に気がつく。

わたしは先生の顔を見て、ほっとしていた。けれども、きっとわたしがいま先生に会えてほっとしているのは、ついさっき先生にひどいことをされたばかりだからだということに気がついたのだ。けれどもそのひどいことというのがいったいなんだったのか、思い出せない。

「どうしたの」

先生の黒い目は本気だった。本気で、わたしに起こった嫌なことがなんなのか、それが自分に関することかもしれないなどとは露ほども思わずに、わたしに向かってたずねているのだった。

わたしは教えてあげるのが嫌で、というより、嫌もなにもわたしの方こそその教えてあげるべきことを忘れてしまったのだったけれども、それは棚に上げて先生が覚えていないことをとても悲しく思った。これは、いじめられた子が忘れるのはいいけれど、いじめた子が忘れては決していけないというのと同じことだ、と思いながら、黙っていた。先生は黙っているわたしを見て少し、悲しそうな眉毛をした。わたしはそれを見るのもまた嫌だったので、目を閉じた。世界は暗かった。電車は揺れていた。

「目が、辛いの?」

わたしはさらさらと首を横にふった。そうだけれど、そうではない。

「真っ暗なところにいったら、なんにも関係なくなるもの」

そういいながらわたしが目を閉じたままでいると、先生もとなりで目を閉じる気配がした。わたしは目を開けて先生を見た。先生は目を閉じたままいた。静かに、そっと、できうる限りの誠実さで、わたしの気持ちに波を合わせようとするように。

それを見てわたしは、やさしい先生のことを許してあげよう、という気持ちで胸がいっぱいになる。もやもやしている先生の閉じられたまつげと、通った鼻筋をわたしはじっと見た。

「先生」

わたしは呼んだ。先生はびっくりしたようにぱっと目を開けて、なんだ、もう開けてよかったの、といった。わたしはそれを聞いて少し笑う。わたしが笑ったので、先生も少し笑った。

「先生は、がちゃ目になったことある?」

ないよ、と静かに先生はいった。僕は目がいいから、と先生はいって、そうね、知ってた、とわたしはいう。

「とっても変なの」

先生はわたしの左右の目を交互に見て、そう、といった。とっても変。

「そう、透明人間みたいなの」

「透明人間?」

「先生」

「うん?」

「先生は一日に、いくつのことを決めていると思う?」

わたしは、たずねた。むずかしいなあ、と先生はいって、ひとさし指でこめかみをかいた。少し困ったときにいつも先生がする仕草だ。

「だいたいでいいから」

「ううん、百個くらいかなあ」

ふうん、とわたしがいうと、どうして、と先生は深い声でたずねた。

「わたし、いま、自分でなんにも決めないでも一日生きられるんだっていうことに気づいちゃったんです。何時に起きるかとか、なにを着るかとか、なにを食べるかとか、なにをするかとか」

先生はくるりと黒目を上に向けて、少し考えてから、

「きみはそれを嫌だと思うの？」

と少々遠慮がちにたずねた。

「嫌かどうかは、わからないけど」

わたしも考えて、答えた。

「ただ困ってるんです」

困ってる、と語尾を下げて先生はくり返す。たったそれだけで、不思議なことに、わたしはつづきを少しだけ上手に話すことができるようになる。

そうなの、とわたしはいって、呼吸を整えた。

「わたしきょう、一日中、だれにも見えない透明人間みたいで、一日中そんなふうだったら、ふと、わたしがなにをしてもしなくても、だあれも気がつかないんじゃないかって思ったの」

そう、と先生は白いため息をつくように相槌をうった。

「そうしたら、わたしほんとうはいろんなこと、いままで決めていなかったいろんなこと、ほんとうは自分で自由に決められるんだってことを思い出しちゃったみたいなんだけれど、自分がほんとうは決めたいのか決めたくないのかわからなくて、決めたいのか決めたくないのかさえ、決めるのも決めないのも、どっちも嫌なの」

ずいぶんわがままだなあ、といって、先生は笑った。先生はわたしの膝か、あるいはぎゅうとにぎられて膝の上に置かれたこぶしあたりを見ていた。

「先生」

「うん?」

「あしたになっても、目が直っても、透明人間じゃなくなっても、やっぱりなんにも決められなかったら、わからなかったらどうしよう。それでもまた次の朝が来て、朝が来つづけて、そうしたらわたしどうなっちゃうんだろう」

視界が一定しないせいで、まるでわたしまでよっぱらっているみたいに、いわなくてもいいことまでいってしまっているのかもしれない。

「先生、わたし、朝が来るのがこわいの」

うん、と先生はいった。先生は腕組みをといて、今度は手のひらを組んだ、その親指がくるくる、と動いた。

「きっと、みんなそうだよ」

先生はいった。電車はなめらかに、藍色の夜の中をすべってゆく。

「生きていればいつかわかるかもしれないし、いつかわからなくてもいいと思うようになるかもしれない、でも、やっぱりずっとわからなくて、ずっと苦しいのかもしれない。どうなるかはわからない。きみだけじゃない、たぶんみんな、だあれもわかりやしない」

「先生も？」

「ああ、俺も」

先生は自分を俺、といった。先生の、俺、は新鮮だった。

「みんな途中にいるのさ。生きつづけるってことは、ずっと、いつまでも、途中にいるってことなのさ」

先生が急に、違う人みたいに見える。先生の低い声は知的な感じがするので、僕、という一人称が似合っていると思っていたけれど、俺、といわれると急にそっちの方がほんとうの先生なのではないかという気持ちになってくる。

「ただ」

「ただ?」

もしもし、先生、ほんとうのせんせいはここですか?

「俺はきみじゃないからわかることがある」

心臓がどきりと波打った。わたしはつばをのみこんだ。

「きみは幸せになれるよ」

そういいながら先生は、わたしの顔を見なかった。下向きのまつげがさびしそうに、まばたきをした。

「どうしてそんなこと、わかるの?」

わたしの声はかすれていた。わたしは先生の横顔を見つめるけれど、先生の心の中をわかることはできない。

どうしてだろうね、と先生は静かにいった。

「先生も、幸せなの?」

わたしはたずねた。先生は少し考えて、そうだね、と肺の中の息を吐き出すようにいった。そうなのかもしれないね。

わたしは先生から目をそらした。すると今度は、先生が顔を上げてわたしを見た。わたしは先生にばれないように、小さく深呼吸をした。そのあいだ、それでも、先生は目をそらさなかった。だからわたしは、先生をもう一度見た。

そのすぐ後に、わたしは後悔した。けれども、そのときにはもう遅かった。ミイラ取りはミイラになった。視界のまんなかでぱきっとするでもなく、ぼやけるでもなく、中途半端ににじんだ先生の黒い目からわたしは目が離せなくなって、わたしは、わたしが先生をこんなに見つめることは果たして許されていたのだったのだったかどうか、ふわふわした視界の中でそんなこともわからなくなる。先生の目の中にわたしはおだやかな光を見る。

そのとき車掌さんは、わたしの家の駅から数えて三番目くらいの駅のなまえを呼んでいた。

お出口は、右側です。

わたしが一瞬、それに気をとられた隙に、

「まったく、よっぱらって変な話しちゃったな」

と先生は笑って、わたしからふいと目をそらした。少しの間つながった気がした糸はこうしてすぐにぷつんと切れて、先生は遠くに行ってしまう。

わたしは立ち上がった。先生が遠くに行ってしまう前に、わたしが遠くに行くのだ。

「わたし、ここでおります」

とつぜん立ち上がったわたしを、先生は少しびっくりしたように見上げた。

「ここに住んでいるんだっけ?」

違います、でも、とわたしは少しの間だけいいよどむ。

「きょう、おばあちゃんのうちに泊まることになっているの」

電車は失速をはじめ、わたしの隣に立っていた太ったおじさんのからだがもたれかかってきた。わたしはほんのわずか、おじさんに対するいらだちを胸に抱くけれども、もしかしてほんとうに悪いのはそのおじさんのとなりのひとかもしれないし、そのまたとなりのひとかもしれない。全員が少しずつ悪いのかもしれない、わたしも含めて。

よろけたわたしの手首を、よっぱらった先生の熱い手のひらがつかんだ。

「大丈夫だよ」

先生はいった。とてもまっすぐな目をして、少し前のめりにつまづくように。わたしはどうしていいかわからなくて、中途半端に笑ってみせた。でも先生は笑わなくて、かわりにもう一度いった。大丈夫だよ。

押し切られるようにして、わたしは二、三度うなずいた。先生は悲しそうな顔をして、一度うなずいた。電車はそのまま失速を続け、やがて停止した。

「気をつけて帰るんだよ」

わたしの手首をそっと離して、先生はいった。

先生も、とわたしはいった。そうして電車をおりる。先生がふれていたわたしの手首は熱いまま。

「おやすみなさい」

わたしの手首を離して、ほんとうに眠たくなってしまいそうな深い海のような声で先生はいった。

「さようなら」

わたしはいった。ほんとうは、おやすみなさい、といいたかったけれど。

だいたい、きょうは最初からついていないのだ、と改札に向かって歩きながら、わたしはひとり考える。コンタクトレンズを落としたときからそれはわかっていた。ついていないのだから、こんな日に福引きをするべきではなかったのだ。

そういえばわたしの前の人、一度しか引いていないのに、わたしと同じ百円券が当たっていたなあ、と、わたしはくだらないことが気になりはじめる。そうだ、あのときわたしは福引き所の手前で、持っている券がこれで全部だろうか、と枚数を確かめていたのだ。もしもわたしがそんなことをしないでさっさと列に並んでいたら、わたしはあのひとの代わりに福を引きあてただろうか、と考える。わからない、あれはあのひとの福であって、わたしの福ではないのかもしれない。

そうだ、コンビニでアイスキャンデーを買おう、とわたしは思い立つ。思いついたらとてもいい考えのように思えてきて、わたしはうれしくて小走りになる。

わたしのお財布の中にはいま小銭があふれている。がま口の財布は年季が入っていて、少しまえから、小銭を入れすぎるとくちが閉まらないのだった。

アイスキャンデーは八十四円だった。わたしはレジで百円と、十円を四枚出した。

その百四十円をちら、と見て、

「すいません、十円玉と一円玉、間違えてますけど」

と店員さんはいった。わたしは店員さんを見た。若い男のひとだった。そのひとはわたしの歪んだ視界の中で、困ったような笑顔の裏にいらだちを隠しているように見える。彼はわたしがほんとうは百四円を出したかったのだと勘違いしている。でもわたしは、十六円のおつりを、この四十円と合わせて五十円玉にしてほしいだけだ。それならそういえばいいというたったそれだけのことなのに、店員さんに理解されなかった、ということと、彼が怒っているということに気持ちがいってしまい、わたしはぷか、と口を開けたまま、視線は店員さんの笑顔とトレーのうえの百四十円の間を行ったり来たりする。すると彼はますますいらだち、わたしはますます目の前が真っ白になって、アイスキャンデーを買おうとわくわくしていた自分までとても悲しく思えて四十円を引っ込めようと右手をのばしたとき、

「おつりを五十円玉にしてくれませんか」

うしろから声がした。わたしはふり返った。

「先生」

　雨でもないのにレインコートを着た先生が立っていた。

　ちっとも気がつかなかった、と思い、それから、左の方から来たからだ、と気がつく。

　きょうわたしは、左目のコンタクトレンズを落としてしまったのだった。

「なにしてるの」

「なにしてるって、帰るんだよ」

　先生は笑った。

　店員はとつぜん現れた先生にめんくらったように、あ、失礼しました、といってわたしにおつりを手渡した。けれどそのときにはもうすでに、おつりのことも、閉まらない財布のことも、店員のことも、わたしの中で色を失っていた。ちょっとばかり小銭がふえたところで、店員を苛立たせたところで、わたしにとってどんな大きな問題があるだろう。

　わたしは駅の方に向かって歩き出す先生のベージュのうしろ姿についてゆきながら、

「ありがとう、先生」

　と呼びかけた。算数までなら、だいじょうぶなんだ、と先生はいった。

「どうしてレインコートなの」

「きょう降るっていってたじゃない、予報で」

「いってた？」

「いってたよ」

だまされたなあ、と、それほど怒ってもいなさそうに先生はいった。

アイスキャンデーをかじりながら、わたしは先生に初めて会ったときのことを思い出す。

その日は雨が降っていた。わたしは日直で、漢文の宿題を回収し、放課後に国語科の部屋まで持っていった。だけれど漢文の先生はいなくて、代わりに、先生がいたのだ。扉を開けた瞬間に、先生の横顔が見えた。間抜けそうに、少し口を開けて、頬杖をついて、ぼんやりと窓の外をながめていた。雨が降っているのに窓は開いていて、吹き込んできてしまう、とそんなことが気になった、そのとき、先生のほっぺたに細かにあたる冷たい雨の粒をわたしは確かに感じたような気がした。そのうちに先生は、わたしが見つめているのに気がついた。恥ずかしそうに笑って、「豊田先生？」と訊いた。「部活かもしれないな」とても澄んだ声だった。わたしは何度かうなずいて、「先生の名前は？」とたずねた。「僕？」わたしはもう一度うなずいた。「水出です」そして名前を聞いておきながらびくともしないでかたまっているわたしに、やさしく笑って左手を差し出した。

あのとき先生は窓の外になにを見ていたのだろう。

「水出先生」

名前を呼ぶと、先生はふり向いた。交差点の赤信号に、わたしたちは立ち止まった。

「きれいな名前」

ありがとう、と照れたようにいった先生の顔が、背景ににじむ。みんな泣いているみたい。信号も、街灯も、車のヘッドライトも、コンビニの灯りも駐車場の看板も、光るものはみんなじんわりにじんで見える。

「北側、きょうは遅いんだね」

先生はつぶやく。

不思議に背景に溶けてしまうような、この感じは水の中みたいでもある。うまく身動きがとれなくて、息苦しくて、ぶくぶくと沈んでゆく、それでも世界はまぼろしみたいにとてもきれいだ。

「寄り道してたんです」

「寄り道？」

水の中で会話することはできない、と物理の授業で聞いたことがあるけれど、いまのところわたしと先生との会話に問題は起こらない。わたしはそっと、腕を持ち上げて、先生のレインコートのするんとした肩にふれてみた。腕は軽く、かんたんに持ち上がった。水の中のようではなかった。

「どうしたの」

急に肩に触れたわたしに、先生は不思議そうにたずねる。

「ごみがついてた」

と教えてあげると、その通り信じてしまう。先生はほんとうに、笑ってしまうくらいいい人である。

先生を見ていると、わたしはときどきモーリシャス島のドードーのことを思う。空を飛べないのに警戒心がまるでなく、短い間に人間にたくさん捉えられて、あっけなく絶滅したドードーのことを。

先生、とわたしは話しはじめる。

「先生わたし、このあいだあそこの駅ビルの文房具屋さんで、委員会の備品を買ったの」

うん、と相槌をうってドードー先生は目を細めた。

「そうしたらなんかキャンペーンやってるって、抽選券を九枚もくれて、それできょう抽選にいったの、そしたら百円券が一枚当たったんです」

すごいじゃない、と先生はいった。けっしてわたしを子供扱いしているのではなくて、本当にすごいと思っているのだ。

「でも九枚もあったのに」

「じゃ、いまティッシュ八個も持ってるの」

先生がたずねるのでわたしは少し考えて、

「でも先生にもう三個あげたから、いまは五個よ」

と答えた。先生は、そうだっけ、といいながら右手に持ったかばんのチャックを開けて、ああ、そうだったね、といった。

「それでね、百円券をドーナツに変えたの」

とわたしがいうと先生は心からうらやましそうに、いいなあ、といった。

「いいの？」とわたしはたずねる。

「いいじゃない」と先生。

「いいの？」とわたしはもう一度たずねる。

「よくないの？」と少しいぶかしげな顔になって先生。

「だって、それはりっぱな横領よ、先生」

先生はしばらくきょとんとして、それから、楽しそうに声をあげて笑った。

「ばっかだなあ」

先生が笑った。うれしくてわたしも少し笑った。

「ほんとうに、北側、きみはいつもそんなことを考えているの？」

といった先生の声が少しずつ、かげっていった気がして、わたしは先生の方を見た。思ったよりもずっと近くに、先生の顔はあった。近づいてきていたことに、わたしは気がつかなかったのだった。それは左からだったから。

わたしは立ち止まった。

そこは駅前で、夜の七時十八分、人通りは多く、おじさんやＯＬや大学生や中高生たちが迷惑そうにわたしと先生をよけてゆく。

瀬を早み　岩にせかるる　滝川の　われても末に　逢はむとぞ思ふ
水面からはみだした岩にふたつに引き裂かれた川の流れが、すぐにまたひとつになるように、いまは別れても、またきっと必ず会いましょう、という意味の歌なのだと、百人一首の授業で先生が教えてくれた。流れを妨げて人々を迂回させているわたしと先生は、その歌に出てくる岩みたいだ。

わたしたちはただ互いの頬の温度を感じていた。先生のほっぺたは冷たい。わたしは悲しくなって、目を閉じた。けれど目を閉じると余計に、先生の悲しみが頬を通じてじんわりとにじんでくるような気がして、わたしはそっと先生から離れた。

「いまの」

「いまの?」

「瀬を早み……」

「瀬を早み?」

「じゃなかった」

既視感のような、よくわからないものがわたしの頭の中でゆらゆらとゆれる。それに気をとられているとそのまま倒れてしまいそう。

先生はゆっくりと歩き出した。わたしはだまってそれについていく。

「いまのは、遠近法じゃないかな」

先生は自信なさそうにいって、定期券を改札にタッチした。

「遠近法」

わたしも先生について、定期券をタッチする。

「うん、北側はきょう、片目しか見えていないから、そういうときって遠近感がよくわからなくなるっていうじゃない、だからきっと、そのせいだよ」

先生は相変わらず自信がなさそうだったけれど、先生がそういうなら、わたしはそれを信じる。

先生のぼやけた黒い革靴が、階段を一段ずつゆっくりとのぼってゆく。

わたしはベージュのコートの背中にただただ着いてゆく。かるがもの子供のことをわたしは思い出す。

階段をのぼりきると、ちょうど列車が来て、扉が開いていた。風が吹いて、湿ったような夜の匂いがして、先生の前髪がふわふわとゆれた。ホームにあふれていたひとたちがつぎつぎと車内に吸い込まれてゆく。停車のメロディ放送が鼓膜をたたいて、光がやたらに多くて眩しくて、わたしは少しめまいがしそうになる。

「じゃ、気をつけて帰るんだよ」

先生は吸い込まれる前に、大きな右手を挙げた。やはり前髪をゆらしながら。

「さようなら」

ひとの波にもまれながらわたしはいった。きらきら光る、星の王子様みたいな先生。たしかにどこかで見たことがあるような気持ちにふたたびなるけれど、すぐにどこかに溶けてしまう。

ぱーん、と警笛をならしながら、反対側のホームにも電車がすべりこむ。わたしは先生に背を向けて、先生がふり向けばいいのに、と思うけれど、やっぱり息がつづかなくなって、ふり向いた。先生の電車はもうホームからいなくなっていた。

三分間

車掌さんの間延びしたアナウンスが、間もなく終点に着くことを告げている。午後四時という中途半端な時間の上り電車にはほとんど誰も乗っていなくて、この車両にもあたしたちのほかには、小さなショッピングカートを足の間にはさんでうつらうつらしているおばあさんと、窓の外をずっとぼんやりとながめている社会人ふうの女性の二人きりいない。

ああ、ついにこの隙間のような、不思議な時間も終わりなのだ、と、あたしは無事に帰ってくることができてほっとしているような、いつまでも終点にたどり着きたくないような矛盾した気分になる。

電車が終点に到着したら、と考える。電車が終点に到着したら、あたしたちはこのやわらかなシートから腰をうかすだろう。さもなくば、折り返す電車に乗ってふたたび海までの道のりをまっしぐらだ。そしてゆっくりと歩いて、改札を出る。階段を降りて地上に出れば、目の前には見慣れたいつもの商店街がある。きっとこの時間なら、夕飯の買い物にきたお母さんたちでそれなりににぎわっているのだろう。

ジャケット姿のお姉さんにならって、あたしも窓の外を見てみる。空の色が少しずつ、けれど確実に変わりつつある。あたしは隣の慧くんを見た。

「何?」

慧くんはたずねる。あたしは首を横にふる。見てただけ、といった。慧くんは鼻のあたまをかいた。照れているのだ。

口数のそれほど多くはない慧くんだけれど、こんなふうに、ふとした表情や仕草からもわかることが少しずつ増えてきた。それはあたしにとって嬉しいことだ、間違いなく。

「きょうは、ありがとう」

あたしはいった。慧くんはあたしを、じっと見た。あたしは真正面から見つめ返してみるけれど、何を考えているのかはよくわからない。もちろん、こんなことだってまだまだたくさんある。

「いいよ」

慧くんは不意にいって、目をそらした。


夏服用の半袖のシャツでは肌寒く感じて、今年はじめてカーディガンを羽織ることにしたきょうの朝、気温をたしかめようと部屋の窓を開けてみたときから、何かがちがった。ニュースを見ながら白ご飯と紅鮭の朝食をとり、いつものようにあたしより五分遅れで席に着いた弟が見る間に朝食を平らげて出かけるところを食卓から見送り、お母さんの作ってくれた二段弁当を持って家を出て、駅までの道のりを歩くあいだ、違和感は増大しつづけた。そうしてバス停であたしを待っている慧くんの姿が見えたとき、あたしの中で何かが破裂した。

「おはよう」

慧くんはいった。

「おはよう」

答えたあたしを飛びこえた遠くに目をやって、「お、きた」と慧くんはいった。バスだ。

あたしはどうしたらよいかわからずに、慧くんを見つめていた。バスはあたしたちの目の前にゆっくりと停車した。

「どうしたの」

慧くんはたずねた。あたしたちと同じ高校の生徒も含めた、何人かのお客さんが次々とバスに乗りこんでゆく。

「慧くん」

どうしよう、早くしなければ、バスがいってしまう。混乱状態になるあたしとは対照的に、慧くんは焦るふうでもなく、辛抱強くあたしの答えを待った。

「きょう、学校いきたくない」

あたしはいった。慧くんは運転手さんを見やった。運転手さんは、乗るの、と視線で問いかけた。

「いいです」

慧くんは小さくいって、首を横にふった。パーっという軽い音を立ててバスはかんたんに扉を閉め、走り去った。それであたしたちはバスの代わりに、駅から電車に乗ったのだ。

そうしようと決めただけで、あたしたちはふたりきりでこんなにもたやすく別の場所に行けるのだということを、あたしは窓の外を当たり前に過ぎてゆく知らない景色たちをながめがら、ぼんやりと不思議に思った。

突然学校にいきたくないといいだしたあたしのことを、慧くんがどう思ったのかはわからない。慧くんは何もきかなかった。

潮風は思ったよりもずっと冷たくて、浜辺を散歩したり、スニーカーのゴムの部分だけをうまく波に遊ばせて、指先で海水にふれたりしていると、すぐに寒くなってしまった。あたしたちは大部分の時間を、海沿いの古い喫茶店の中で、紅茶のカップをはさんで向かい合ってすごした。いつもより心なしか、無言の時間が多かったように思う。するとどちらからともなく外を見た。大きな水の塊が、近いようで遠いような、遠いようで近いような、あいまいな場所でさざめいていた。

何が不満というわけでもなかった。学校での交友関係はそれほど広いほうではなかったけれど、気の許せる友だちは何人かいたし、クラスの雰囲気もよかった。勉強だって、どちらかといえば好きなほうだ。

ただなんということのない日々の中で、友達と笑い合ったり、授業中にぼんやりしたり、テストの結果に一喜一憂したり、そういう当たり前への熱中がふととけてしまう瞬間は、特別な場所じゃなく、あたしたちのすぐ近くにぽっかりと口を開けている。そこにとらわれると、足がすくんでしまう。自分という存在のあまりの寄る辺なさに、未来がこんなにも、ただただ真っ白であるということに。

ふたたびアナウンスが入った。いよいよ電車が終着駅に着く。

にわかに、あたしは慧くんに言い残したことがないかどうか不安になってきた。おかしなことだ、今更になって。きょう一日じゅう、あんなにたっぷりと時間はあったのに。

あたしはあしたも慧くんに会うだろう。きょうと同じ時間に、きょうと同じバス停で待ち合わせをして。そしてあしたこそは、バスに乗って学校へいくだろう。そのあいだ、あたしはずっと慧くんと一緒のはずだ。けれどもきょういうべきことは、きょうのうちにいってしまわなければ、二度といえないという気がした。いや、物理的にはいえるのかもしれないが、それはあたしの中ですっかり形を変えて、もはやそのことを伝えたいとさえ思わなくなってしまうかもしれない。でも、何を？　あたしは慧くんに何を伝えれば良いのだろう？

「志保の」

慧くんがふと口を開いた。あたしは少し驚いて、慧くんを見た。

「志保のきょうに、おれがいられて、よかったよ」

ためらいがちに、慧くんはつづけた。

うん、ととっさにあたしはいった。なんだか泣きそうになった。

「うん」

もう一度いった。

あたしが慧くんに伝えたいことが何なのかは依然としてわからない。けれどあたしはそれを、いつかわかる日がくるまで、言葉にならない何かとしてあたしの胸の中に置いておこう、と思った。そんな日はこないかもしれない、その前に忘れてしまうかもしれない。それでも今は、そうしたい。

「ありがとう」

あたしはもう一度いった。

そしてどうか、とあたしは目に見えない何かに向かって祈る。あたしがそれと決着をつける日にとなりにいるのが、どうか慧くんでありますように。

電車は徐々に減速をはじめる。見慣れたプラットホームに向けて、電車がすべりこんでゆく。一足先に立ち上がった慧くんの背中は、揺れる電車にすこしだけかしいだあと、ゆっくりとあたしをふり返った。

家

空の色が橙から、深い藍色に変わってゆくのをわたしは見ていた。北の空に一番星が光るころ、パパがわたしを呼ぶ。

「ユーリ、晩ごはんの時間だよ」

パパのつくってくれた晩ごはんをふたりで食べたあと、パパは勉強を教えてくれる。読むことも、書くことも、計算も、科学のことも世界のことも、わたしはありとあらゆることを、みんなパパから教わった。わたしは、外に出られない。わたしの存在はひとに知られてはならないのだ。

だからわたしは毎日、空の色を見て過ごしている。風の匂いをかいで、鳥の声をきく。

「パパ、もうオリオン座があんなところに。もうすぐ春が来るのね」

そうだね、春になったら川べりの桜が咲くね、咲いたら、桜には申し訳ないけれど、ユーリのためにすこしだけ枝を折ってきてあげよう、とパパがいう。それだけでわたしの毎日は満たされるのだった。

わたしには、パパひとりしかいない。世の中の子供たちはふつう、パパとママと呼ばれるひとのあいだに生まれてくるらしいけれども、わたしの場合はパパとパパだった。そのもうひとりのパパも、わたしが生まれる前に病気で死んでしまった。

いま生きているほうのパパは、科学者だ。だからもうひとりのパパが死んでしまう前に、そのパパの細胞と自分の細胞から、わたしをつくった。わたしの存在がひとに知られてはならないのは、ほんとうは人間をそんなふうに、勝手に科学的に生みだしてはいけないからだそうだ。

「ユーリはこの世界にいちゃいけない子なの？」

わたしはパパにたずねたことがある。するとパパは答えた。

「パパたちはユーリにたまらなく会いたくて、それでユーリを呼んだんだ。パパにはユーリが必要なんだよ。世界なんて、見えもさわれもしないものより、ユーリにはパパのほうが大切じゃないかい？」

それを聞いてわたしは、わたしの世界は一生パパだけで良いと思った。

寝る前にパパはよく、もうひとりのパパとのことを話して聞かせてくれる。どうやってふたりが出会ったか、どんな場所にふたりで行ったか、どんなことを話したか。パパによると、もうひとりのパパは「ウルトラマンよりも怪獣のほうに感情移入するタイプ」だそうだ。

「ユーリにもきっといつか大切な人ができるね」

おはなしが終わるとパパはたいていそういう。わたしは、これまでパパ以外の人間に出会ったことがなく、どうしてパパ以外に大切なひとなどできるだろう、とその度に思うのだったけれど、パパは、うん、といってほしそうなのでいつもそういう。そしてわたしたちは並んで、「り」の字で眠りにおちる。

パパはときどき、夜中に泣いている。

もうひとりのパパのことを思いだしているのだ。

また、パパはわたしの目を見て、ときどきとても悲しそうな顔をする。

わたしの目は、もうひとりのパパに似ているからだ。口はいまのパパ。

けれど、そうなるようにわたしを設計したのはまぎれもないパパ自身だ。

悲しくなるくらいなら最初からしなければよかったのに、と思うのは、わたしがもうひとりのパパに会ったことがないからなのか、それとも、わたしがクローンだからなのか、そのどちらとも関係がないことなのか、わからない。

けれどわたしはとにかく、そんなことはパパにはいわずに、悲しい顔をしたパパをそっと抱きしめてあげることにしている。


その日は朝から雨が降っていた。わたしはそれを窓からながめていた。すると昼過ぎになって、家の中にも雨が降ってきた。

最初は屋根の一か所から、しずくがぽたりと垂れてきたので、わたしはその下にコップをおいた。いつも、洗面所においているうがい用の黄色いコップだ。しばらくすると、今度はまた別のところから水が垂れてきたので、わたしはそこにパパの水色のマグカップをおいた。次に垂れてきたところには、わたしの赤いマグカップを、そしてほかにも、サラダボウルやお椀やお茶碗、洗面器や空いたジャムの瓶、そのふた、家中の水を貯められそうな形をしたあらゆるものを総動員させたけれど、いよいよそれでも太刀打ちできない本格的な雨になってきた。雨の中のパーティーのようで、すこし楽しかった。そして、ドアがノックされた。こんこん。すみません、すいどうやですけれどお。

パパには、パパがいないときに誰かたずねてきても、けっしてドアを開けてはいけないといわれている。それでわたしは返事をしないで、ただ耳をすませていた。

いらっしゃいませんかあ、水もれ、してませんかあ。すいどうやなる人物はつづけていった。そこでわたしは、そのひとがこの、家の中の雨をどうにかしに来てくれたひとなのだと気がついた。そして、それがいままでパパの守ってきてくれた完璧な世界を微塵にふきとばすことになるとはつゆほども思わずに、わたしは玄関の扉を開けた。

埃くさくうす暗い、天井の低い廊下にすいどうやさんは立っていた。すいどうやさんの背中の後ろに見える、扉の横の電球が、ぱちぱちと音をたてていたり消えたりしていた。わたしは、はじめて見るパパ以外の人間の顔を見つめた。すいどうやさんは暗い目でわたしを見下ろしていた。

そのひとの脳裏には――このときのわたしはまだ知らないことだが――ある少女の顔がうかん

でいる。前日の夜に見ていた警察番組の中で、未解決のちいさな事件のひとつとして扱われていた誘拐事件でさらわれたという、赤んぼうの顔だ。そしてわたしの顔にその子の面影があるような気がしてくる。気のせいか、と思うけれども、夜家に帰ってからもどうしても気になってしまって眠れなくなる。

たったこれだけのことがわたしの人生をすっかり変えてしまった。こんなにあっけない、いつ起こってもおかしくなかったような、けれどたまたま起こらずにきただけのかんたんなことで。ほんとうは、わたしの人生を変えてしまったのは昔のパパで、もとの場所へと帰っただけかもしれない。けれどわたしにとってはそんなことどちらでもかまわない。ただあるのは、そうしてパパとふたりの変わらない毎日が失われたという事実だけだった。

はじめてふたりに会ったとき、ふたりともただしばらくぼんやりとした顔で遠くからわたしを見ていた。それからママのほうがおそるおそるわたしに近づいてきて、わたしを抱きしめた。最初は腫れものでもさわるみたいに。そして徐々に強く。

そのあいだじゅうずっとママの肩越しに、パパと目が合っていた。たしかにそれはわたしの目ととてもよく似た形をしていた。このひとがあんなにも、パパが会いたがっていたもうひとりのパパなのだ。パパは生きていた。わたしはこのことをパパに教えてあげたいと思った。生きていたパパはやはりぼんやりとわたしを見ていた。

それからママはたくさんのいかめしい顔をしたおじさんたちに引き離されるまで、しばらくのあいだそうしてわたしを抱いていた。わたしはただ立っていた。ママの髪の毛からは花びらを濃く煮詰めたような甘い匂いがして、わたしは途中から鼻で呼吸をしないようにした。

わたしは、消毒液の匂いのする場所へ連れていかれた。そこは目が痛くなるほど明るかった。からだを検査され、それからいかめしい顔をしたおじさんたちに囲まれて、あれや、これやと質問をされた。わたしはほとんど何も聞いていなかった。パパは何も悪いことをしておらず、わたしにいつもやさしく、何ひとつの不自由もなく育ててくれた、ということだけをわたしは伝えた。わたしはただ、早くパパのいる家に帰りたいと思っていた。そしてカブトムシにえさをやりたいと思っていた。きっと、おなかをすかせているはずだったのだ。そのことをおじさんたちに告げると、

「おじさんたちがやっておくから」

とおじさんたちはいった。わたしは急にたくさんのひとたちに囲まれて、そのひとたちの口はかわるがわる、せわしなく、まるでそこだけが独立したひとつの生きものみたいにうねうねと動いた。

「何かいやなことをされたことはなかったかい」

と生きものはくりかえしたずねた。そんなことちっともなかったと、ついさっきいったではないか、とわたしはいらついた。

「ほんとうにそうかな」

生きものはしつこかった。ないといったらないといっている。わたしがパパにどんないやなことをされるというのか。

「その、からだをさわられたりだとか」

たしかにパパはわたしのあたまをなでたり、抱きしめてくれたりした。けれどそういう意味でたずねているのではないのだとなぜだかわかった。唇は生きものではなかった。それはひとの顔の一部だった。そしてそのひとの顔は、奇妙にゆがんでいた。

気持ちが悪い、とわたしは思った。それは本能的なものだった。わたしは胃の中のものをぜんぶ吐き出してしまった。

それからわたしはパパとママの家に連れられていった。大きな白い家だった。パパとママは家につくと居間の大きなソファに腰かけ、あいだにわたしを座らせて、深いため息をついた。居間もとても広く、ソファの置かれた部屋の中心から、巨大な黒い板のはりついている壁まで、パパとふたりで住んでいた家の長いほうの一辺くらいあった。ママはわたしの肩を抱いて、終始さすっていた。

「どうしましょう離れられないわ」

ママはいった。

「今晩はごちそうをつくって食べさせてあげたいのに困ったわ」

わたしはとなりのパパを見た。パパはわたしとママを交互に見つめた。

「あなた、大丈夫？　疲れてるの？　友里に会えてうれしいでしょ？」

ママがたずねると、もちろんさ、とパパはいった。

「あれはなんに使うの？」

わたしは壁の巨大な黒い板を指さしてたずねた。パパとママは、ふたりしてわたしを見た。それから動揺したようにパパの顔を見上げるママの目には、見る間に涙が溜まっていく。何かいけないことを訊いてしまったのだろうかと、わたしは不安になってパパを見た。パパはどういうわけかうなずいて、わたしの頭に手のひらをおいた。パパにそうされると、不思議と安心だった。

「テレビよ」

と気を落ち着かせるように、しかし涙声でママはいった。

「テレビ？」

「テレビって、そうね、あの板が電波を受信して、いや、電波を受信するのはアンテナね、そして——」

「百聞は一見にしかずというだろう」

　パパはママの言葉をさえぎってテレビをつけた。黒かったテレビは、急に肌色になり、大きな音を発した。肌色は頭に肌色のうすい布をかぶったひとの顔だった。そのひとの顔は後ろ向きにひきつれて変な顔になっていて、人々が下卑た笑い声をあげた。

「だいたいどの家もテレビをもっていて、どのテレビでも、おんなじものが見られるんだよ」

　とパパはいった。だいたいどの家も、とパパはいったけれど、わたしとパパの住んでいた家にはテレビはなかった。

　パパが手元の装置を操作すると、今度は図鑑でしか見たことのないライオンが映しだされて、動いていた。そういえば、遠くの映像を届けることのできる機械がある、とパパがいっていたことがあるかもしれない、とわたしは思いだした。

「内容はいくつかの中から、好きなのが選べるんだ」

　そうなのね、とわたしはいった。パパはふたたび操作した。すると今度は、わたしが絵本でしか見たことのないウルトラマンが映った。

「わたしウルトラマンって好き」

　わたしがいうとパパは、ぼくはあんまり好きじゃないなあ、といった。

「どうして?」

「怪獣がかわいそうだから」

その横でママは涙を流していた。わたしとパパがママを見ると、ママはごめんなさいね、と涙をぬぐって、

「友里おなかすいてる?」

と明るい調子でたずねた。わたしはうなずいた。空腹を感じてはいなかったけれど。ママはそうよね、といって立ち上がった。

「友里、ママと一緒にお料理する? 疲れていたら座っていてもいいのよお部屋で眠っていてもいいのよ。友里のお部屋友里がいないあいだにもママがなんでも揃えておいたのよ」

ママと一緒にお料理する、と友里はいった。

ママについてキッチンに向かう前にふり向くと、まだソファに座ったままのパパはまたぼんやりとした目でわたしを見ていた。


新聞や、テレビに映った写真の中のパパは、わたしがふだん見ていたパパよりもすこしくたびれて、歳をとって見えた。わたしはそのパパを見て思った。元気かしら、パパ。そしてまた思っ

た。いいえ、きっと元気じゃない。いかめしいおじさんたちに囲まれて、もうわたしに会えないし、せっかく生きていたパパにだって会えないのだ。わたしはパパがかわいそうだった。パパに会いたかった。

パパはわたしと違って、おじさんたちになんでもかんでも話してしまったみたいだ。すこしさみしかったけれど、しようがない。パパはそんなに、気の強いひとではないから、きっといかめしいおじさんたちにおどかされて怖かったのだろう。かわいそうなパパ。そしてその、パパが話してしまったことを、パパやわたしのことをよく知らない、悪意さえもあるのかどうかよくわからない、あるのはもしかして下世話な好奇心と野次馬根性だけかもしれない、たくさんの顔の見えないひとたちが、おもしろおかしいやり方でうわさにしているのだった。

隣に立つパパを見上げると、パパもわたしと同じように、電気屋の店先のいくつものテレビに、パパの顔がいくつも映し出されるようすに見入っていた。

パパとパパは、学校に通っていたころ、出会ったそうだ。それは昔から、パパに聞いていた。だけど、いま隣にいる背広のほうのパパは、科学者のパパのことをさっぱり覚えていないのだそうだ。地味で目立たず理科が好きだった科学者のパパと、学校の人気者でサッカーが好きだった背広のパパ。学生時代、言葉をかわしたことがあったかどうかもさだかでないし、卒業後は会ってさえいない、とこれが彼らの言い分である。

でもそうしたら、パパがわたしにしてくれた、ふたりにまつわるいろいろな話は？　わからない。ほんとうに、パパが科学者のパパのことを覚えていないのかどうかわたしは、パパから聞いたわけではない。わたしたちは、わたしとパパとママは、科学者のパパのことをけっして口にしない。

彼らはパパがパパを心から大好きだったことを、まるで悪いことみたいに、声高にさわぎたてる。わたしにはそれがわからない。当たり前じゃないか。だからわたしが生まれたのだ。

パパはそのうちにわたしが自分を見上げているのに気がついて、

「ああ」

といった。

「ごめん、行こうか」

歩きだした背広姿のパパに、わたしは黙ってついて歩く。わたしは黒い革でできた硬い靴を履いている。そして早くも、靴を窮屈に感じはじめていた。靴はわたしがちいさいころ、パパが外へ出かけるときに履いているのがかっこよくてわたしも履きたいとパパに無理をいって買ってきてもらったものを、家の中で履いていたそれ以来で、それもしばらくのあいだおもしろがって履いていたけれどしばらくして飽きてしまった。

「友里」

パパはいってわたしをふり返った。だからわたしはまたパパを見上げた。今度は歩きながら。

「いや、なんでもない」

しかしパパは結局そういった。


「おまえ、クローンなんだってえ」

学校では見も知らない男の子がそういってわたしをからかった。きっと彼も、テレビや新聞や雑誌を見たり、それを見た大人やまわりの人たちのうわさ話を聞いたりしたのだろう。

「クローンよ。だったら何」

とわたしは男の子の目を見ていった。男の子はぎょっとした顔になって、

「嘘つくなよな、ほんとうは、クローンなんかじゃないくせに、しかも男同士のクローンだなんて嘘、気持ちわりい、不潔だ」

といい捨ててどこかへいってしまった。けれどわたしにはその子や、顔の見えないひとたちのことなどどうだってよかった。彼らがわたしのことに夢中になっているのはいまだけで、きっとすぐに忘れてしまうのだ。そのひとたちが、パパは誘拐したわたしにクローンの子だと嘘をついて育てていたのだといったところで、また、パパがわたしを育ててくれたあの家が一般的に見ると古くてちいさくて、さびれた場所にあったといったところで、また、大学に行ってくる、といっ

ていたパパがほんとうは別のところで働いていたといったところで、そんなことなど関係ない。わたしにとって、パパに会えない、あの家に帰れないというそのことだけが問題なのだった。

学校の女の子たちは、はじめ、わたしを輪に入れてくれようとした。友里ちゃん、一緒にお弁当食べようよ、とか、友里ちゃん、一緒に音楽室にいこうよ、とか、一緒にカラオケにいこうよ、とかいって。わたしは最初のうち、付き合っていたけれど、すぐに会話がちっとも噛み合わないことに気がついた。クラスの誰がかっこいいとか、アイドルの誰が好きとか、わたしにはどうだっていいことが彼女たちにとっては最重要事項のようだった。それについての意見がいえないと彼女たちはとたんに鼻白んだ。そういうことがつづくと、そのうちに誘われなくなった。自分のことを特別だとでも思ってるのかしら、とか、せっかく仲間に入れてあげたのに、とか、結局ふつうじゃないのよね、とか、とつぜんそんなふうに陰口をたたかれるようになった。でもわたしにはそれさえどうでもよかった。

学校はつまらない場所だった。教わることはみんな、わたしがもうとうの昔にパパから教わって知っていることばかりだった。わたしのいないあいだから、わたしがいつ帰ってきても良いようにとママが用意していてくれた学校用の白と紺の洋服も窮屈だった。実際の大きさとしては、わたしのからだの大きさも知らないママが仕立て屋さんに頼んで作っておいてくれたその服は怖いくらいにぴったりだったけれど、おんなじ服をみんなで着て、一日中、四角い部屋の中に四角く整列しているのは息がつまりそうだった。

わたしは一日中ずっと、窓の外を見ていた。空が見えると、すこし安心した。家の窓から見ていた空のことを思いだし、そしてパパのことを考えた。わたしがほんとうに、ふたりのパパのあいだの子じゃないなんてどうしてわかるだろう。ほんとうのことなんて誰が知っているだろう。

ママのお弁当はカラフルで、いつも赤いミニトマトが入っていて、丸くてちいさな赤はまるで現実味がなかった。ひとの笑い声はいくつも重なるとまるで分厚い壁のようになり、その笑い声に入れないひとを狭いところに閉じ込めてしまうということを、わたしは学校へ来てはじめて知った。パパとふたりで笑いあっていたころは、そんなこと思いもしなかった。


音楽だけは、パパが教えてくれなかった。お気に入りのCDは、家でよくかけてくれたけれど、うちには楽器がなかったし、パパも楽譜の読み方は知らないといった。それなのに急に、学校で笛を吹くテストをやらされるというので、わたしは一生懸命楽譜をにらみながら帰り道を歩いていた。

ふと今朝の心配そうなママの顔が頭にうかんで、家に帰りたくないような気がした。ずっと、帰りにはママが学校まで迎えに来てくれていたけれど、今日はわたしがそれをいらないといったのだ。ママはショックを受けた顔をしたけれどすぐにとりつくろって、でも心配だわ、といった。友里だってそろそろふつうの子と同じように生活したいんじゃないか、と横からパパがいうと、あなたは友里が心配じゃないの、とママは叫んだ。そりゃ心配さ、だけどそろそろふつうの家族らしく暮らしたっていいんじゃないかっていっているんだよ。ふつうの家族？　ふつう？　友里がいなくなったときから一度だって、あたしたちはふつうなんかじゃなかったわ、そりゃああなたはいいわよ昔から友里の「もうひとりのパパ」だったんだものだけどあたしは？　あたしなんかとんだ闖入者よね友里の人生にとってこんなにも友里を大切なのに？　わたしはそこで行ってきますといって出てきてしまった。だから今日わたしは初めて、来るときもパパ抜きでひとりで来たことになる。

今朝のことを思い出して気を抜いているすきに、ひとすじ強い風が吹いて、わたしの手の中の楽譜の一枚をさらっていってしまった。そしてそれはそのまま、向かいから歩いてきていたひとの顔にくしゃりと噛みついた。

そのひとは、うわっ、とちいさくいって顔に貼りついた楽譜を右手ではがした。そしてわたしの顔を見て、

「あっ」

といった。わたしも、

「あっ」

といった。

「すいどうやさん」

すいどうやさんは、あ、はい、といった。すいどうやさんは、わたしの世界をこんなにもこなごなに破壊したにもかかわらず、元気のなさそうな痩せた水道屋さんだった。大きめのチェックのシャツを着て、色のあせたジーンズを履いて、汚れたグレーのスニーカーで、まるで世界に場所をとっていることに対するせめてものつぐないのように、ちいさく肩を丸めて歩いていた。このひとのどこにあんな力があったのだろう、とわたしは不思議に思う。

「すいどうやさんにお願いがあります」

わたしはいった。

「な、なんでしょうか」

すいどうやさんはいった。そしてこう付け加えた。

「あ、これはその、まだお願いを聞きいれますという意味ではなくて、内容をとりあえず教えてくださいという意味での、なんでしょうか」

それでわたしはいった。

「直してほしいんです」

「何を？」

「世界を、もとに」

すいどうやさんは何もいわずにわたしの顔をしばらく見つめたままいた。

「無理です」

そして最終的にそういった。これはその、倫理的にどう、こう、という問題ではなくて、物理的に。

「でもとにかくごめんなさい。物理的に能力がなくてごめんなさい」

わたしは落胆した。けれど、しかたがない。すいどうやさんがなんでもかんでも直せると思ったら大間違いだ。だから水道屋さんというのではないか。

「だけどよかったら」

すいどうやさんはいった。なんですか、とわたしはいった。

「ほんとうによかったらなんですけど」

となおもすいどうやさんはいうので、なんですか、ともう一度わたしはいった。

「これを教えてあげましょうか」

すいどうやさんはわたしの鼻先に、とんでいった楽譜をつきつけてきた。その楽譜上では、わたしが取り組んでいた、ひとつひとつの音符に対して押さえなければいけない笛の穴の場所をメモするという作業が途中になっていた。その作業をおえて、あとはそれを覚えさえすれば良いと思っていたのだ。楽器が得意でなくたって、押さえる穴の位置を覚えることならできる。

「は」

とわたしがいうとその息で、目の前につきつけられた楽譜がぱさりとゆれた。

「はい」


すいどうやさんは公園の隅にある飲みものを販売する機械でコーヒーを買った。そして、何か飲みますか、とわたしに訊いた。そこにはコーラがあった。わたしはコーラが飲みたくてたまらなかった。パパはコーラをよく買ってきてくれて、それはわたしの大好物だった。パパはコーラを飲むと骨がとけるといってよくふざけてわたしをおどかしていた。けれどいまの家にはコーラがないのだ。もしかしてほんとうにコーラを飲むと骨がとけると思っているのかもしれない。かわりに、冷蔵庫には果汁百パーセントオレンジジュースがある。わたしは果汁百パーセントオレンジジュースが好きではない。のどに絡みついてきて不愉快だからだ。

「コーラが飲みたいの?」

すいどうやさんは訊いた。なぜわかったのだろう。

「だって、コーラを見てるから」

すいどうやさんはそういってすこし笑った。そしてコーラを買ってくれた。わたしはとてもうれしかった。

すいどうやさんは、ドレミファソラシドと、楽譜の上の音符と、笛を押さえる指の位置がどう対応しているか、というところから、根気よく説明してくれた。低い、ド、の音がわれてしまってきれいに出ないと、そっと吹くんだよ、と教えてくれた。それから楽譜のいちばん最初から、わたしがたどたどしく演奏するのを見て、アドバイスをしてくれた。

「みほん見せてください」

わたしがいって笛を差しだすと、み、みほん？　とすいどうやさんはあわてた。けれどわたしがうなずいて笛を差しだしたままいると、すいどうやさんはたばこのすいがらをコーヒーの空き缶の中に捨てて、笛を受けとった。シャツのすそでくちを拭いてから、吹きだした。

すいどうやさんは笛がじょうずだった。ひとつひとつの音がきれいで、やさしくて、はじめは楽譜をなめらかになぞっていたけれど、そのうちにすこしずつ、いたずらのようにして道の外に足を踏みはずしはじめ、いつからかまったく知らない歌になりそうになっていることにわたしは気がついた。きいたこともない、けれどどこかなつかしい歌。わたしが気づいていることに、すいどうやさんも気がついた。するといよいよ歌は楽譜からするすると離れていって、自由にそこらじゅうを歩きまわり、ステップは徐々にダイナミックになり、しまいにはダンスをしはじめた。それはとてもうつくしかった。すいどうやさんは頬を染めて、いつしか一心不乱に笛を吹いていた。あたりに色とりどりの音符の花が咲きみだれ、そのそれぞれがほのかな甘い匂いを発して、すいどうやさんの笛はここではないどこかへわたしを連れだしそうになっていた。

気がつくと、目の前にパパが立っていた。その瞬間にすいどうやさんはあんなに咲きみだれていたうつくしい音符の花を、跡形もなくきれいにみんな笛の中にしまってしまった。わたしは涙で頬がべたべたになって、それでも涙はえんえんと流れつづけていた。鼻がつまって、呼吸が苦しかった。

「ユーリ」

パパはつぶやくようにいった。わたしとそっくりの目で、わたしを見つめながら。あたりは夕暮れで空は赤かった。その呼び方はとてもなつかしかった。ユーリ、ユーリ。

「ごめんね」

なぜパパがあやまるのかわからなかった。ただきっとパパはずっとわたしにあやまりたかったのだろう、そんなあやまりかただった。

いいよ、とわたしはいった。

「一緒に帰ろう」

パパが右手を差しのべた。わたしはうなずいて、それをつかんだ。そのとき、

「これ」

すいどうやさんがいって、笛を差しだした。この中にあれが入っているのなら、わたしにも出せるのかしら、と思いながら、わたしはそれを受けとった。

「ありがとうございました」

パパはそういって、すいどうやさんに深々と頭をさげた。わたしもパパにならってそうした。それからふたりで手をつないで家に帰った。帰り道、今晩のごはんはシチューにする、とママがいっていたことを思いだした。

タニグチくん

昔からコンビニが好きだった。

残業で、帰りがうんと遅くなって、ハイヒール歩き、っていうのは背すじをぴいんと伸ばして大股でしゃきしゃき歩く、ＯＬばんざい、みたいなやつをわたしはそう呼んでいるのだけれど、とにかくもうそんなふうに歩く気力もない、ほとほと疲れたわっていう時は、たいていいつもコンビニに寄る。

コンビニはいつも、暗い夜道にひとりだけぽつんと、ばかに明るく光っている。それに吸い寄せられるのは、ほとんど野性の本能みたいなものなんじゃないかとわたしは思っている。それこそ、街灯に虫が集まる、みたいなことと同じように。

食べものでも飲みものでも、文房具でも生活用品でも雑誌でもなんでもあって、お金さえ払えばなんでも手に入る。それが楽しいのだった。でもコンビニの、わたしがいちばん好きなのは、朝も昼も夜もいつも同じ、いつも変わらないでずっといるところ。それから春も夏も秋も冬もいつも同じ、ドライアイスみたいな店の匂い。

ずっと変わらず、休まず、同じ場所で同じ毎日を繰り返す。想像してみると、果てしないなあ、としみじみ思う。日付変更線を行ったり来たりしているスチュワーデスは歳を取らない、ってよく言うけれど、きっとコンビニ店員にもおんなじことが起きているんじゃないかしらって、わたしはずっと思っていた。

毎日疲れている。寝ても寝ても眠い。月曜日は土日をひきずってぼんやりと始まり、水曜日ころにようやくリズムができてきて、そろそろいい調子と思えるころにはもう金曜日。一週間を走りぬけると、土日は出かける気も起こらない。

新しい仕事を始めると、特別何をしているわけでなくても、情報量の多さにからだが圧倒されるのだろう。一日の終わりに、お酒を飲んだり、友達と会ったりする時間や元気はない、でも、そのまま家に帰るのはなんだかしゃくにさわるのだ。

今夜もふらっとコンビニに寄った。そして呼び止められた。

「篠崎さん?」

場所はレジ前、彼の右手にはバーコードを読み取る機械。ブルーのユニフォームに身を包み、黒い髪は短め、彫りの深すぎず浅すぎない顔が、丸い目でわたしを見つめていた。

はて、誰だったかしら、わたしが必死で頭を回転させているうちに、

「俺だよ、覚えてないかなあ」

店員は重ねて言った。

「小学校で一緒だった、タニグチ」

胸のネームプレートには、なるほど「タニグチ」と印刷の文字で書いてある。そういえばいた

かもしれない、こんな感じの男の子、わたしはぼんやりと思った。

「へえ、しばらくぶり」

なんと言っていいものやら、顔にこれといった特徴がないのだ。別れたらすぐに思い出せなくなってしまいそう。そんな子が小学校の時にもいた気がする。

「篠崎さんも、いまこの辺なの？」

「うん。タニグチくんも？」

「そうなんだよ、偶然だね」

もしここでタニグチくんが甘いマスクだったりしたら、ドラマチックな何かを期待したかもしれないのに、とつい思った。それから、いけない、わたしったら、とあわててその考えを振り払う。

「ここで働いてるの、前から？」

「うん、そうだよ」

「わたしもよく、ここ寄るの」

「そうなんだ」

「会ったことなかったね」

「そうだね」

何を話していいやらと、なんともいえない沈黙が降りた時、タイミングよく後ろに会計待ちの人が現れた。わたしはなんとなくほっとして、タニグチくんもそそくさとレジ打ちを済ませた。

「まいどありがとうございます」

と、清潔そうな笑顔のタニグチくんに見送られ、店を出てむわりとした空気の中を歩き出しながら、わたしはぼんやりと思う。タニグチくんかあ、どんな子だったかなあ。そして気づく。やだ、わたしったら、もうよく思い出せないみたい、タニグチくんの顔。

ガラス越しにのぞいてみたけれど、そこからはもうタニグチくんの黒い後ろ髪しか見えなかった。


わたしには恋人がいる。蒼佑といって、社会人になったばかりのころから付き合っている、同い年の彼だ。

新しい仕事を始めてから、蒼佑と予定が合わないことが多くなった。もともと蒼佑の忙しいのにわたしが都合を合わせていたところ、わたしにも余裕がなくなったからだ。

慣れない毎日で、嬉しいことや楽しいこと、辛いこと、もやもやすること、蒼佑に話したいこともたくさんあった。けれどそう思ってもなかなか会えないし、電話もなかなかつながらない。

わたしはそのうちに、そういうものを自分の中だけで消化するようになった。蒼佑の知らないあいだにわたしの中に生まれ、蒼佑の知らないあいだにわたしの中から消えていったものが増えていく、そのたびにわたしはどんどん、蒼佑の知らない人間になって、蒼佑から離れてゆく気がした。

蒼佑のことを思い出すと、会いたい、と思う。思うけれど、毎日を忙しく過ごす中で、彼のことを思い出すことじたいが少なくなっていた。

もう、別れるのかもしれない、ときどきぼんやりと思う。ぼんやりとそう思うと、じんわりと悲しくなる。


なんとなく気が向いてまたコンビニに寄ると、やはり、タニグチくんはいた。レジの向こう側に。

「こんばんは」

「まいどどうも」

なんとなく気恥ずかしくて笑い合った。

「毎日遅くまで大変ね」

「俺はさっき来たばっかりだよ。篠崎さんこそ忙しいんだね」

「じつは転職したばかりで。まだ本調子じゃないの」

「それは大変だ」

タニグチくんは目を丸くした。

「おでん、もらおうかなあ。大根と、たまご」

「それじゃあ、はんぺんをサービスしてあげる」

わるいよ、とあわてるわたしを、いいからいいから、と軽くいなして、タニグチくんは慣れた手つきでおでんを盛った。

わたしがはんぺん好きだって、よくわかったなあ、わたしは思った。

「はい、今日もお疲れさん」

手渡してくれたおでんはとてもあたたかくて、いい匂いがした。

誰かにねぎらってもらうのなんて、いつぶりだったかしら、わたしは思った。そりゃあ、誰かに褒められるためにがんばっているわけじゃあない。ないけれど、お疲れさま、とひとこと言ってもらえるだけで、明日もがんばろうってこんなに素直に思えるもんなんだな、と思って、胸があたたかくなった。


次の日も、ひとつとばしてそのまた次の日も、わたしがコンビニに寄ると、タニグチくんがいた。

不思議なのは、彼と会うたびにいつも、そういえば、タニグチくんってこんな顔だったかしら、と新鮮な驚きがあることだった。なぜだかやっぱり、何度見ても顔が覚えられないのだ。

一度しか会ったことのない人と再会する時の、あの、ぼんやりとしていたイメージが、目の前でくっきりと像を結ぶ驚き。タニグチくんの顔を見るたびに、それがいつも繰り返される。

＊

蒼佑とけんかをした。きっかけはものすごく些細なことで、わたしが前にこういうようなことを言ったことがあったとか、いや言わなかったとか、そんなことだった。

蒼佑は機嫌がわるくなるとだまりがちになる。それがいやだ、とわたしはいつも思っていた。気に入らないことがあるなら言いなさいよ、と思い、根掘り葉掘り尋ねる。すると蒼佑はますます機嫌がわるくなって、ますますだまりこむ。そうなると解決の糸口はまずみつからない。いやな空気のまま、その日も静かに電話を切った。話せるのは久しぶりだったのに。

家にひとりでいるのがいやで、お財布と携帯だけ持って、外に出た。ひとりでお酒でも飲んでやろう、と駅前に出てきたところで、声をかけられた。

「篠崎さん」

タニグチくんだった。コンビニの外で会うのは初めてだ。

ああ、タニグチくんってこんな顔だったのかしら、わたしはまた思った。

「こんばんは。今日はコンビニじゃないのねえ」

「うん。休みなんだ」

「そう、わたしも」

「どこかにお出かけ？」

「飲みにでも行こうかと思って」

よければ、と続けた自分に、わたしは自分で、おかしいなあ、と思った。まさかタニグチくんと飲みに行くつもりなのか、わたしは。再会したばかりで、コンビニでしか話したことのないタニグチくんと。

おかしいなあ、とは思ったけれど、中途半端に口をつぐんだわたしを素朴な感じで見つめるタニグチくんを見ていたら、そんなにわるいアイデアでもないように思えてきた。わたしはえいやっと、続きの言葉をタニグチくんに放った。

「よければ、どう？　ご一緒に」

タニグチくんはにっこりと笑って、もちろん、と答えた。

おしゃれなバーにでも入ってやる、という腹積もりでいたけれど、タニグチくんと一緒でそんな店ではやっぱりなんとなく決まりわるく、なんてことない普通の居酒屋に入った。

生ビールで乾杯をして、枝豆に卵焼き、たこわさにほっけの塩焼きと好き勝手に注文しながら好き勝手に飲み始め、自然話題は蒼佑の愚痴にもなり、ますます好き勝手に飲み続けるわたしに、タニグチくんは粛々と付き合った。意外といけるクチなのだ。それでわたしも楽しくなって、つい日本酒に手を出してしまったのがよくなかった。タニグチくんがお手洗いに中座した時には、かなり気分よく、頭がふわふわしていた。

だからたった今、こっちに向かって歩いて来ている男の顔が、蒼佑になんか見えたりするのだ。またまたあ、似てるように見えて、じつはけっこう違う顔に違いない、と思い、じっと見つめてみると、これがどうも蒼佑にしか見えずますますあせる。今度は、ここまでの他人のそら似とは、不思議なこともあるもんだ、考え方を切り替えてわたしは自分に言い聞かせ、必死で彼の方を見ないようにする。それなのにあろうことか男は、なんでもない顔で向かい側に腰を落ち着けるじゃあないの。

どうやら紛れもなく、男は蒼佑であるらしい。わたしは観念して蒼佑と向かい合った。

「なんでここにいるの」

「え?」

「だから、なんでここにいるの」

蒼佑は目をぱちくりさせてわたしを見る。

「篠崎さん、大丈夫?」

篠崎さん? わたしは自分の耳を疑った。突然そんなよそよそしい呼び方、なんだ、けんか中のあてつけだろうか。なんて男、わたしは思った。

「篠崎さん、なんてひねくれたことを言うためにわざわざ来たの」

険悪な形相のわたしを前に、蒼佑はますます目をぱちくりさせる。ん？　なんだか何かがおかしいみたい、わたしは思ったけれど、何がどうなっているのかよくわからない。そんなわたしに、

「酔っぱらってるみたいだから一応言うけど」

蒼佑が助け舟を出した。

「俺、タニグチだよ」

わたしはだんだん頭が痛くなってくる。家の近所でタニグチくんと飲んでいたら、突然蒼佑が現れて、自分をタニグチくんだと言い張る。酔っぱらっている頭には、何がなんだかわからない、もしくは、酔っぱらっている頭こそが見せる幻想なのか。

「タニグチくん？」

とりあえず繰り返してみる。もしかしてタニグチくんかもしれない相手に対して、そうそう失礼な態度も取りにくい。

「蒼佑が？」

「いや、俺が」

「じゃあ蒼佑がタニグチくんってことになるじゃない」

「いや、俺、蒼佑じゃないんだ」

蒼佑が言った。

「蒼佑じゃなくて、タニグチなんだ」

はあ？　わたしの頭の中を、大量の？が占拠する。

だって、と言いかけて、けれど目の前のタニグチ蒼佑が、さっきまで一緒に飲んでいたタニグチくんとおんなじ服装をしていることに気がついた。

「じゃあ……タニグチくんってこと？」

半信半疑で尋ねるわたしの両の目を見て、タニグチくんはあっさりとうなずいた。

「だって、それにしちゃあ、顔がずいぶん蒼佑よ」

言い募るわたしに、

「蒼佑ってこんな顔なんだ」

タニグチくんはあっけらかんと言い放つ。

「知らないで変装したの」

「変装じゃないよ」

と言い、タニグチくんはほっぺたの皮をびよおんとひっぱった。けれど確かに、怪人二十面相のようにマスクがべろりとはならない。

「じゃあ、変身」

「その方が近いかな」

「蒼佑の顔を知らないで変身したの」

「うん、だってわざとじゃあないんだもの」

「わざとじゃなくて、蒼佑になったの」

「うん」

「それってどうやるの」

「毎日顔がちょっとずつ変わるんだ」

やあだ、そんなこと、と思ってみて、けれど待てよ、思い当たる節がある気がする。

そう、それはタニグチくんの顔を見るたびに感じた、あの新鮮な驚き。

「ちょっとずつ変わってたの」

「うん。ほんとうにちょっとずつね」

「じゃあそれで今日、蒼佑になったのは」

「たまたまだよ」

月の満ち欠けみたいなもんなのさ、言いながらタニグチくんは軟骨からあげをほお張った。

なんて途方もない。だってはじめに会った時、タニグチくんの顔はぜんぜんちっとも蒼佑みたいなんかじゃあなかった、と思いかけて、ああ、けれど初めて会った時のタニグチくんの顔を、もう思い出せない、そのことにわたしは気がつく。初めて会った時どころか、昨日のタニグチくんの顔も、さっきまでのタニグチくんの顔も。そうして上書きされ続けていくというのだろうか、タニグチくんの顔は。

「それって、いつから」

「ずっと」

「ずっと」

「生まれてから今までずっと」

なんてこと。生まれてからずっと変わり続けるタニグチくんの顔。自分に置き換えて想像してみようとしたけれど、想像がつかなすぎて無理だった。

「でも、たいていの人は気づかないよ」

昨日の顔と今日の顔はほとんどそっくり、ひとはのんびりした変化には鈍感なんだ。

そう言ったタニグチくんの顔が少し寂しそうに見えたものだから、つい、わたしは尋ねた。

「自分の顔が欲しいと思う?」

けれど予想外にもタニグチくんは、どうかなあ、と答えた。

「もはや、これが俺のアイデンティティでもあるからさ」

ふうん、そんなものかしら、とわたしは思った。

「そんなものだよ」

わたしの心の中を読んだみたいに、タニグチくんが呟いた。

泡の消えたまま、ジョッキの三分の一くらいになって残っているビールの黄色い水面を見つめながら、わたしはタニグチくんのアイデンティティについて思いをはせる。

「今日の俺の顔が、全員にとっておんなじ顔に見えてるのかさえ、疑問だと俺は思うぜ」

タニグチくんは言った。

「それってどういうこと」

「蒼佑みたいに見えてるのは、篠崎さんだけかもしれないってことさ」

そう言って、またくいっとおちょこを空にした。

わかるような、わからないような。

「蒼佑に会いたい？」

ただ蒼佑の顔にそう訊かれるのは、なんだかとってもへんな気持ちだということは確かだ。

「会いたいよ」

わたしは素直に答えた。

「だけどいつも忙しそうで」

わたしばっかり蒼佑に執着するのは、いや。わたしばっかり蒼佑に、いつでも手の届くところにいると思われるのはいや、と思ったけれど、それはなんとなく言えなかった。

「でも、会いたいの？」

「うん、会いたいよ」

「それじゃあ、会いにいかなきゃ」

タニグチくんはそう言ってすっくと立ち上がり、今にも手を引いて飛び出そうという勢いなので、ちょっと待ってよ、と、わたしはそれを制した。

「今からは、無理よ」

「どうして？」

「もう遅いし」

と時計を見たわたしに、タニグチくんはわざとらしく大きなため息をついてみせた。

「ばかやろうだな、篠崎さんは」

ばかやろう、と言われても、なぜだろう、ちっともかちんとこない。タニグチくんの不思議なところだった。

「大丈夫だよ、おいで」

そう言われて手を差し伸べられると、あんなに重かった腰がふわりと軽くなる。タニグチくんのとっても不思議なところだった。

こんな時間、上りの電車はひどく空いていた。蒼佑の家はわたしの家から電車で三つ、乗ったところにある。

がらがらの座席のど真ん中に、二人で陣取った。真夜中にベッドを抜け出した子どもみたいに、わるいことをしているような、不思議な高揚感があった。

窓にタニグチくんの顔が映って見えた。あ、もう、今にも、蒼佑じゃなくなろうとしている、わたしは思った。他の誰が気づかなくても、わたしにはわかる、絶妙な蒼佑のバランスが、タニグチくんの顔から今にも失われようとしていた。

なんだか手をつなぎたい気がする。しんと静まった夜道の住宅街を歩きながら、わたしはへんな意味でなく、思った。つないだら、きっと安心する気がした。蒼佑に会えることが嬉しい、心からそのまんまの顔で、蒼佑と会える気がした。けれど恋人に会いに行くのに、他の男と手をつないで行くというのもおかしな話だ。

道みち、わたしたちは無言だった。なるべくそうっとしておかないと、またたく間にバランスが崩れて、タニグチくんの顔から蒼佑の面影はたちまち失われ、そして同時に、彼とのあいだの不思議な親密感も、終わらないおしゃべりのようなこの素敵な時間も、全部いっぺんに消えてなくなってしまうのじゃないか、そんな気がしたのだ。それでわたしは無言のまま、絹のような夜の道を、都会の空は薄曇りで、星なんかほんとうはほとんど見えやしないけど、それでもダイヤモンドのようなきらきら星の下にいる気持ちで、タニグチくんの隣を歩いた。

蒼佑のアパートの下で、

「さあ、行っておいで」

タニグチくんはそう言って、そっとわたしの背中を押した。振り返ると、タニグチくんはもうほとんど、蒼佑とは違う顔になっていた。

「また会える?」

わたしは訊いた。

「会えるさ」

タニグチくんは笑って言った、でも、もうきっと会えないんだろう、わたしにはなんとなく、それがわかった。

「じゃあ、またね」

それでもわたしは言った。

「また」

タニグチくんも言った。

片手をあげてひらりときびすを返し、タニグチくんはもと来た道を歩き出す。さっさか歩いてゆくタニグチくんに、わたしはいちばん大切なことを言いそびれたことに気づいて、声を張って叫んだ。

「ありがとう」

タニグチくんはまた、ひらりと片手をあげた。振り返らなかったけど、きっと笑ってるんだろう、わたしは思って、自分も笑った。

ずいぶん久しぶりに、それでも上り慣れたアパートの階段を上り、二階についていちばん手前の、淡いブルーの扉の前に立った。

ほんとうに来てしまった。

でも、不思議と気持ちは穏やかだった。頭の中でもやもやしていた霧が晴れたように、黒く波立っていた水面がしんと静まったように。

大丈夫、わたしは正しいことをしている。わたしは確信していた。深呼吸をひとつして、チャイムを鳴らした。

はあーい、間延びした蒼佑の声が、扉の向こうから聞こえる。

どんどん、と重みを持った足音が近づいてきて、ちょっとどきどきする。かちゃりと鍵の外れる音がした。

ゆっくりと扉が開いて、そこに蒼佑がいた。

「こんばんは」

わたしは言った。ぶかぶかで色あせた紺色のスエットからのぞく細い足を、外反母趾気味の足の親指を、ドアノブにかかる大きな手を、黒くてくしゃくしゃの髪を、そしてその下の蒼佑の顔を、すべてをとても懐かしく新鮮な気持ちで見つめながら。

そして奇妙な違和感を覚える。誰かの顔を見てふと、ああそういえば今日この人が夢に出てきた、という記憶が呼び起こされるときと同じように、目の前の蒼佑はたしかにタニグチくんの面影を呼び起こす、けれども目の前にありありと存在している蒼佑と、呼び起こされるタニグチくんの面影とのあいだには、うっすらとした、けれどたしかなぶれがあった。

「こんばんは」

蒼佑が言った。あ、しゃべった、わたしは思った。しゃべると、のどが上下に動いた。そしてまつげがぱしぱしと二回まばたきをした。

「どうしたの、こんな遅くに」

しゃべりだした蒼佑はますます密度を増してくる。

わたしは今日の出来事を、いいえ、わたしがタニグチくんと出会ってから今までに起こった不思議な出来事のすべてを、蒼佑に話そうと思った。それが、聞いてよ、どうしたもこうしたもないのよ、久しぶりに再会した同級生が、タニグチくんって言ってね。開きかけた口を、けれどわたしは閉じた。

わたしの中のタニグチくんが、色を失ってゆくのをわたしは感じた。色も匂いも手触りも、タニグチくんが連れていた空気すべて、目の前の蒼佑の濃いあたたかさや重量感や生命力に上書きされ、タニグチくんについてわたしが語りたいと思ったすべての事柄が、一瞬にしてさらさらとまぼろしのように消えてゆくのが、わたしにはわかった。

わたしは、そっと目を閉じた。

そしてふたたび開けると、蒼佑のやさしい黒い目が、穏やかにわたしを見つめていた。

「だいじょうぶ」

蒼佑の声は少しも波立たず、しんと静かだった。わたしは一瞬、それに聞き惚れた。その後、だいじょうぶ、っていったい何がだろう、この人は、とぼんやり思うけれども、

「あったかいコーヒーでも淹れるよ」

と蒼佑は言って、いともかんたんにわたしの手をすくいあげた。

玄関のたたきに足を踏み入れたわたしの背中越しに、扉ががしゃんと閉じる音がした。

インストラクター

時計を見ると四時を数分過ぎたところだった。どうしたものか、と私は考える。六時にノブオと待ち合わせなのだ。もしも今から帰ったら四時半過ぎに家に着いて、着替えて、軽くお化粧など直して、コーヒーでも一杯飲んでひと休みして、五時半前にはあっという間に、またでかけなくてはならないだろう。

とはいえ、特段、したいことも思いつかないから困った。ショッピングでもしようか、文庫本を買ってコーヒーでも飲もうか、はたまたやはり一度家に帰ってしまうのが良いか、決めあぐねた。幸いにして空気は温暖で、考えてみればたしかに、どちらかといえばふらふらと、私は駅前を歩いていた。

「あの、すみません」

左斜めうしろのほうから声をかけられて、私は足を止めた。ひとり流れをせき止めた私を、まわりの人たちは当然のようによけて追いこしてゆく。

「今、おひとりでしょうか」

ふり返ると、まず、派手な色のチェックのシャツが目に入った。私よりもいくらか背の高い、なかなか真面目そうな顔をした男の人である。人の流れに揉まれることも、かといって抗うこともなく、ただ一本の芦のように、ひょろりとそこに立っている。

そりゃああなた、どう見たって今私はひとりでしょうよ、と思いながら、はい、と反射的に答えたあとで、ひとりか、という質問が、話しかけてもいいか、という意味を持っていたということに私は気がつく。そして私はそれに、はいと答えてしまったばかりなのだった。

実際、チェックの男はしめたとばかりに、さっそく親しげな雰囲気を醸しだそうとしている。やられた、と私は心の中で顔をしかめた。

「今日は、お休みですか」

「ええ」

「お買い物中とか」

「ええ、まあ」

私は曖昧に笑った。頬の筋肉というものはやっかいで、笑顔の人を目の前にしていると、自然に笑顔をつくってしまうものだ。

適当に逃げろよなあ、と、前にノブオが言っていた。

それは駅でノブオを待っていて、キャバクラの勧誘が声をかけてきたときのこと。幸いすぐにノブオが現れたので、男は気まずそうな笑みを浮かべながら勝手にぺこぺこと去って行ったけれど。

適当に、ということほど難しいことはないと、私はいつも思っている。

「今、おいくつなんですか」

「そうですか、大人っぽいですね」

「えっ、言われませんか?」

連なる質問のあいだのいつが逃げるタイミングなのか、わからない。

ノブオは、こういう人をあしらうのが本当にうまい。終わりの始まりが一体いつだったのかもわからせないうちに、すっと、墨汁をよく吸った筆の先みたいに、なめらかに美しく終わる。

「子供っぽいって、言われることのほうが多いです」

私はとりあえず答える。そうですか、意外ですね、と男は笑い、すかさず、

「あ、そういえば」

と続けた。とりあえず、ばかり続けているから、私はいけないのかもしれない。

それにしてもぬるぬるするうなぎみたいだ。

ところで、うちの店で働きませんか、とか、今すぐそこでアンケートやっていて参加してもらったかたに謝礼をお支払いしているんですよ、とか、健康食品に興味ありますか、とか、このあとお茶でも飲みませんか、とか、本題をひとこと提示してくれさえしたら。いくら私でも、けっこうです、とはっきり断れるし、さっさと立ち去ることだってできる。

しかしこの人は、本題を切りだす気配などまるで見せない。

あらゆる質問に真っ向から答え、偽物とわかっている笑顔でも邪険にできない。私のような種

類の人間が発している、ばかを見がちな正直者特有の臭いを、おそらく彼らは鋭い嗅覚で感知して、狙いを定めてきているのだ。

そもそも、本題とは何だろう。

この人が私に切りだすべき本題なんて本当にあるのだろうか。

「そういえば、まだお名前を聞いていませんでしたね。何というお名前ですか」

常識的に考えたら、声をかけてきた以上本題は何らかあるし、一方、名前を教えなければならない道理はまるきりないに違いない。しかしひたひたと私を見つめてくるのは、小さくびっしりと書かれた「無邪気です」の文字でできている男の黒目。

私の考える常識はもしかして間違っているのかもしれない、という思いが頭をかすめる。

「片山です」

私は答えた。

「そうですか。下の名前は」

「睦月です」

「なるほど、すてきなお名前ですね。では、お仕事は何をされているんですか?」

そのとき、すぐ二、三軒先のビルに掲げられている、スポーツジムの黒い看板が目に飛びこんできて、我に返った。

頭にひらめいた「それ」を、私は考えるよりも前に、舌の先に乗せた。

「ええと、あの、インストラクターです」

すると男の頭の中で、私がインストラクターになるのを感じた。

それは私であって、私でない。これまでの人生の中で数多あった選択肢の中からもしも別な組み合わせを選んでいたら、今頃私だったかもしれない、けれどもたしかに今の私ではない私が目の前の男の頭の中に、ぼう、と幽霊のように出現したのだ。

「インストラクターですか。何の？　ヨガとかですか？」

私は考える。何のインストラクターをしているのだったか。頭の中の影がぼんやりと形を取りそうで、取らない。

けれどもこの人の頭の中の私は、何でも、私が答えたものになる。スライムのように自由自在に形を変える。それならばせっかくだから、私も知らないようなのがいい。

知らないもののインストラクターになった、知らない私。

稲妻のように脳裏によぎった単語を、私は言い放った。

「ジャーゴンです」

男の眉が、ほんのわずかにひそめられた。

「ジャ、ジャーゴン？」

少し不愉快そうに、歯切れわるくもごもごと言った。

ジャーゴン、と私は深くうなずき、

「レッスンがあるのでこれで」

と歩きだす。ふり返らなくとも、男がもう追ってはこないことが私にはわかった。

ほっとため息をつき、考える。

ところでジャーゴンって何だったかしら。どこかで聞いたことがあるような気がするけれども、思いだせない。

そうだ。すぐそこがジムなのだから、ジャーゴンのレッスンがどんなものか、この目で確かめてみれば良いのだ。

時間も余っていることだし、我ながら良いことを思いついた、と私は思った。


ジムの自動扉をくぐると、病院とサウナが混ざったみたいな独特の匂いが鼻をつく。つい目をしばたたきたくなるようなべらぼうな明るさの中で、受付の女性は顔を上げ、私を見て、

「あ、こんにちは」

と親しげな笑みを浮かべた。歳のころは私と同じか、少し上くらいだろうか。丸みのある女性らしいショートヘアが、快活な印象の二重まぶたによく似合う。

「こんにちは」

と返すと、何も言わないのに、ええと、と女性は視線を落とし、

「はい」

と探しあてた鍵と、今日のクラスにやってくる生徒の名簿を私に差しだした。そうやって笑いかけられると、私はずっと以前から、この人を知っているような気持ちがしてくる。おそるおそる手を出して受けとる。女性の手は白くて小さい。子どもの手みたいだ。爪がみじかく整えられている。

鍵には、「6」と書かれたプレートがついている。

「エピクロスはレッスンルームの前のほうに、用意してありますので」

女性ははきはきと言った。

えっ、なんて？　問い返しそうになるけれどもすぐに、頭をさっと覆った霧が徐々に晴れるように、ふんわりとしたイメージができてくる。

そう、エピクロスは、柔らかい。毛がふわふわで触り心地が良くて、けれども見た目から想像するよりも重量感がある。少し難易度の高いジャーゴンのレッスンをする際には欠かせないアイテムなのだ。

「『えさ』、やっておいてくれました？」

自然に、疑問が口をついて出た。

「ええ、ばっちりです」

何ということもなさそうにあかりちゃんは答え、あ、そうだった、とつづけた。

「エピクロスの鍵はこれです」

小指の先ほどの小さな鍵だ。これでエピクロスを閉じこめている。今日の生徒は十二人だから、エピクロスは全部で十二台、となるとわりと大きめの箱のような気がするけれど、大丈夫なのだろうか。

「ありがとうございます」

ともあれ私は言って、ロッカールームを目指す。自然と足が向いて歩きだす。

ふかふかの絨毯ばりの廊下はちっとも足音がしない。ダンスのようなレッスンが催されている明るく開けたスタジオや、いろいろな機械が備えてあるトレーニングスペース、それからジャーゴンのレッスンルームを通りすぎた奥まった場所にある階段を降りるとやはり、地下に職員用のロッカールームがあった。

ドアノブがなく、白いプラスチックの板がぺたと貼り付いているだけの軽い扉を押し開けると、中にピンク色のカーテンが引いてある。開けると、ロッカーがずらりと整列している。

奥の壁に、テレビがついていた。放映されているのはドラマである。映像が少し粗く、昔のものの再放送のようだ。

立ち並ぶロッカーの中から、私は容易く6番の数字が書かれたものを探しあてる。受付で手渡されたのは、受話器のコードみたいなぐるぐるまきのゴムがついている鍵である。そろそろと鍵穴に差し込むと、当然のことながらかちりとはまった。回すと金具のはずれる冷たい音がして、私は扉をゆっくりと開く。

胸にジムのロゴの入った黒いTシャツが、綺麗にたたんでしまってあった。濃いグレーのスエットの上に、重ねて置いてある。扉の裏側には手のひらくらいのサイズの鏡とフックがついていて、首から提げる用のカードがかかっている。ぎこちない笑顔の私の写真と、「片山睦月」の文字が印刷されていた。

手に取って、首にかけてみる。この、紐とカードの境目の金具の部分に、ジムにいるあいだは鍵をつけておくのだった。ロッカーの鍵も、エピクロスの鍵も、じゃりん、じゃりん、とぶらさげた。首のうしろにわずかにかかる重みには、たしかに覚えがあった。

「そんなんちゃうやろ！」

突然の罵声に、何事か、と顔を上げる。

義行雅春だった。テレビの中で、義行雅春が涙と洟にずるずると顔を汚しながら、魂こめて叫んでいたのだ。

私はとても懐かしく思う。中学生のころ、大好きだったドラマだ。これを見て関西弁を勉強したものだ、と、とうに忘れていた遠い記憶がよみがえる。

主人公の弟役をやっている義行雅春は、このドラマで一躍人気が出た。義行は、地で関西弁をしゃべる。演技と素の境界線が行ったり来たりする暑苦しさが、若もの特有のエネルギーと相まって、今見ても独特の魅力をつくりだしている。

当時の私は、思ててん、とか、ゆうてへんやんか、とかいう義行の言い回しがかわいくて気に入り、どうしても自分でしゃべれるようになりたくなった。それで奇跡的にクラスに一人いた大阪出身の子に頼み、勉強したのだ。英語だって、イタリア語だってフランス語だってウルドゥー語だって練習をして覚えられるのだから、関西弁だってやってやれない道理はないだろう、と私は思った。

ぼんやりと、今よりも肌がつやつやで目やあごの辺りがきりっと締まっていて、若い色気をだしている義行をながめていると、

「かわええなあ、義行雅春」

声をかけてくる人があり、ぎょっとしてふり向いた。

どこから出てきたのだろう。いつからいたのだろう。私のロッカーの中のものと同じ、黒いTシャツを着て、長い髪をポニーテールに結わいている女性の京都弁は、歌うように綺麗である。

いいなあ、とうらやましく思いながら、なんとなくむくむくと胸の内に無用な対抗意識がわいてきて、

「ほんまですよね」

私はつい、答えた。久しぶりだったので自信がなくて、心なしか弱々しくはなってしまった気がするけれど、中学時代の猛特訓のおかげか発音は悪くなかったように思った。

悪くない、と思ったら、がぜん元気が出てくる。

ありがとう、三好くん！　私は中学校時代の大阪弁の恩師に心の中でお礼を言った。

「なんであたしらのまわりには、いいひんのやろ」

心から納得いかないというようにはんなりと文句を言う女性に、

「ほんまですよね」

私はまた同意した。

自信が出てきたら、今度はさっきよりも、もっと悪くなかった気がした。

なんや、ぜんぜんいけるやんか。

「そういえば片山先生って、大阪の人でしたよね？」

と女性はたずねた。義行が大阪出身なのだ。

大阪出身の義行といえばつい先月、地元の女友達と海遊館で遊んでいるところを週刊誌に撮ら

れて話題になっていた。海遊館には高校生のころ、私も行ったことがある。気になっていた男の子にデートに誘われたのだ。とても楽しかったのに、最後に天保山大観覧車に乗っているときにキスをされたことがなんとなく、しかし決定的に気持ち悪く感じられ、以来顔を合わすことができなくなってしまった。それからのちずっと、卒業して別れ別れになるまでの永きにわたってその人と気まずかったことを、思いだしながら私は答えた。

「そうですよ」

あのころはあれほど気まずくて、消えてなくなりたいと思っていたはずなのに、なぜかしら、今となってはなんとなくかわいらしくて綺麗なもののように思いだされるから不思議である。そうだ、三好くんというのだった。私は思いだす。今、どこで何をしているのだろう。

「うわ、むっちゃ、ええなあ」

女性は心の底からうらやましそうに、そう言った。

「別に、何もええことないですよ」

「何をおっしゃいます。どっか、街ですれ違ってたかもしれないやないですか。ほんで、これからどっかで偶然に再会して、あっ、あのときの、ってなことになる可能性もゼロやないやないですか」

私たちがくだらない話をしているあいだにも、

「あいつが死んでもええのんか……」

テレビでは義行が迫真の演技を続けている。

「姉ちゃんのこと誰よりも愛してるあいつが、死んでもええのんか！」

女性の声が、義行の声と見事に重なって、女性は照れたようにころころと笑った。

「ほな、またのちほど」

笑いの尾を引いた声で女性は言って、カーテンの向こう側へと消えて行った。


私は今日のクラスの他に、ジャーゴン基礎のクラスを二回、発展のクラスを一回、全部で四クラスを持っていて、それぞれに生徒が十人前後登録している。あまり多くの人数を一度に見るのは、ジャーゴンでは難しいのだ。

受付で渡された名簿を手に、レッスンルームへと向かう。扉を開けると、部屋の中には窓がなく、薄暗い。天井では紫やら緑やらオレンジやらのきつめの色をしたライトが、ビー玉をばらまいたようにきらきらと光っている。

開けた扉のまっすぐ先に、エピクロスの箱が目に入る。真っ黒く、縦横は一メートル四方くらい、高さは天井の三分の一ほどもある。上の面と壁面の境目に小さな銀色の南京錠がかかっているほかは、のっぺりとして凹凸はない。じっと見ていると、むく、と、左右に揺れた気がした。まばたきをすると、けれどもう動かなかった。

部屋の中央に向き直ると、十名ほどの妊婦が集まっている。

そうだ、今日のクラスは妊婦向けなのだった。

妊婦のクラスが、私はいちばん苦手である。私がボケてもぜんぜん笑ってくれず、むしろ先生、それはなんとかの話であって今のこととは関係ないです、とかまったくボケを生かしてくれないツッコミをされることもある。

けれども先輩のインストラクターたちに相談したところ、どうやら私だけに限った話ではないようだった。生き物はおなかに赤ちゃんがいるときは警戒心が強くなるからそのせいかもしれない、と誰かが言っていて、感心したことがいつかあった。

「こんにちは」

そろってあぐらをかいた女性たちが私を見上げる。

「こんにちは」

「じゃあまずは出席とりますね」

様々な色のライトでちらちらする名簿を目で追いながら、あいうえお順に出席を取りはじめた。

いちばん前に座っていた新岡さんが、

「あの」

と控えめに手を挙げる。まだ新岡さんの名前は呼んでいない。

「どうしました？」

「すみません、あの、破水してしまったみたいで」

私は新岡さんの目を見つめながらそれを聞き、一拍置いて、動揺した。新岡さんのはいているグレーのスエットを見ると、足の間がにじんで色が変わってしまっている。

クラスの中ではまずまず歳上と見える渡辺さんが真っ先に、

「大丈夫、タクシーを呼びましょう」

私の目を見て低く言った。私はつられるようにうなずく。

「待っててくださいね」

と膝に触れると、新岡さんは二、三度小さくうなずいた。

部屋の照明をカラフルなものから蛍光灯に切りかえると、急に明るくなって、宇宙空間から日常に放りだされたようになる。

私は受付へと走り、あかりちゃんにタクシーを呼んでもらう。あかりちゃんの背後の事務室内に積んである清潔なバスタオルを手に、レッスンルームに戻り、渡辺さんにならいながら、新岡さんの腰に巻いていった。

十分ほどで、すぐにタクシーはやって来た。緊急要請を受けて加わったジムの男性職員と、二人して新岡さんの両脇を支えながら、ゆっくり、一歩ずつからだを前へと運ぶ。後部座席に、新岡さんを乗せる。

その隣に私、そしてなりゆきで、一緒に新岡さんを運んだ男性職員も、助手席に乗りこむことになった。

新岡さんは私の膝に頭を乗せるようにして寝転がる。額にはうっすらと汗がにじみ、整った眉がかすかに歪められている。口もとのほくろがとてもよく似合う、綺麗な人だ。こんなに綺麗な人が奥さんや母親だったら、きっと毎日がとても楽しいだろう。

しめますよ、と運転手がぼそぼそ言って、後部座席の扉が自動で閉まった。

「大丈夫やからな、お姉ちゃん」

私は出来心でつぶやいた。

「何、あんたたち、きょうだいなの」

ギアをドライブに入れながら運転手がたずねた。

「弟と、妹です」

膝の上から声がした。声がか細く震えている。タクシーはゆっくりと動きだす。私は首だけでふり向いて、邪魔な横線の入ったリアガラス越しに、心配そうにたたずんでいるあかりちゃんと目を合わせ、大丈夫、という意味をこめてうなずいた。

「大丈夫やからな」

私はお姉ちゃんの二の腕をさすりながらもう一度言った。お姉ちゃんは無言でうなずく。

「きょうだいがいると、こういうとき安心でいいね」

と運転手はややぶっきらぼうに言った。

「今日幸人さん、何してはるの？」

たずねる私に、お姉ちゃんは答えた。

「家におった、私が出かけるときは」

そしたら幸人さんに電話せな、と私が言いかけた矢先、お兄ちゃんが前から口をはさむ。

「もう電話したで、タクシー乗る前」

ほんまか、お兄ちゃんのくせに機転利いとる。

全員が黙りこんで静かになると、緊張がじわじわと皮膚の毛穴から浸透してくるようで嫌な感じである。お兄ちゃんは助手席で爪を噛んでいる。貧乏くさいからやめてや、と小さいころからずっと言っているのに、結局直っていないのだ。ちょうど信号にひっかかる。ハンドルを握る運転手の指先も、じれるようにリズムを取る。

何か話さなくては、という焦燥感半分、純粋な疑問半分で、私はたずねた。

「お姉ちゃん、まだおなか痛ないの？」

「あ、うん、痛ない」

お姉ちゃんは少しほっとしたように答えた。心なしか、運転手も含めた場全体の雰囲気がほぐれたように感じられる。

「これから痛なるの？」

「うん、そうちゃう」

本当は陣痛が来てから破水するのが普通の順番なのだけれど、お姉ちゃんのように先に破水してしまう人もそうめずらしくはないのだという。

お姉ちゃんは私たちに向かって説明しながら、だいぶん心も落ち着いてきたようだった。

「あんたらがいてるときでよかったわ」

とお姉ちゃんは笑って言った。そうやろ、と私が言い、もっと言い、とお兄ちゃんは言った。

タクシーが病院に着くと、入口付近にちえの手を引いた幸人さんが待ち構えていた。先を越されたらしい。久しぶりに会う幸人さんは前に会ったときよりも、なんだか熊っぽさが増しているような気がする。太ったのだろうか。

私たちの姿を認めると、幸人さんは一度病院の中に姿を消し、看護婦と手術台みたいなキャスター付きの台を連れて戻ってきた。

お姉ちゃんは幸人さんの顔を見て、やはり安心したらしかった。土気色だった顔色がずいぶんましになっている。

「ありがとうね」

幸人さんは笑うと目が細くなって、ますます優しそうな熊っぽくなる。ちえは幸人さんのジーンズの足の陰にかくれるようにして立ち、人さし指をくわえながら、上目遣いで私をじっと見つめている。黒目が大きくてきらきらしている。

「こんにちは」

話しかけると、何やらむにゃむにゃとおばけ語のようなものを発する。

「もうすぐお姉ちゃんやね」

と言ってそっと頭に触れた。髪の毛がすごく細くて柔らかかった。ちえは身をよじって幸人さんのほうを仰ぎ見る。よだれに光る人さし指を口から出し、小さな手のひらで幸人さんのジーンズにしがみつく。人見知りなのだ。幸人さんが笑って、ね、と話しかける。

そういえばちえだって三年くらい前にこうやってまわりの人にやいやい言われながらお姉ちゃんのからだからやっとのことで生まれてきて、そのときは顔だってしわしわでお地蔵さんみたいであんまりかわいくなくて、ものすごく小さかったのに、今ではこんなふうに一人で立てるようになって、髪もいっぱい生えて、人間ってすごいなあ、としみじみ思う。

「お兄ちゃん」

「んー？」

「自分のからだから、また別な命が生まれるって、どんな気分なんかな」

私は口に出しながら、少し想像してみる。新しい命には、自分とは別な心臓がありそれが動いていて、からだはあたたかくてやわらかく、私の意志とは関係なく自在に動きまわるのだ。

「うわ、なんか、想像してみたらむっちゃ気持ち悪そうや」

お兄ちゃんは真顔で、

「うん、むっちゃ気持ちわるいやろな。俺やったら確実に無理や」

と言った。

「幸人さん、お父さんになるんてどんな気分？」

ふり返ると幸人さんは、うん、いいもんだよ、とだけ言って笑いながら、握ったちえの手をやさしく揺らす。ちえは照れたように、うふ、と笑った。

お姉ちゃんは診察を受け、入院することになったが、陣痛はまだ来ないということだった。

「あんたらはとりあえず帰り」

お姉ちゃんは上半身だけをおこして、ベッドに横たわりながらのんびりと言った。そう遠くない未来に新しい生命体をこの世に生みだす、とは思えないほどさわやかな顔つきをしている。

「本当にありがとうね」

と幸人さんは眉を下げる。

「そんなら、生まれそうになったら連絡してな」

お兄ちゃんが言った。私もうなずく。

絵本を広げ、読めとしきりに所望するちえをなだめながら、お姉ちゃんは、うん、と言った。


さて、と外に出て、ふう、と息をつく。緊張から解放されて、少し小腹がすいたように感じた。お兄ちゃんと簡単なものでも食べようかと思い、そもそも今何時やろ、と私は時計を見た。五時四十五分を少しすぎたところだ。

急がないと間に合わない。いや、もしかして急いでも間に合わないかもしれない。

「ジム、戻りますか?」

隣に立つ同僚の、Tシャツの胸に入ったロゴを見ながらたずねる。

「そうですね」

と彼が答えたので、二人して止まっていたタクシーに乗りこんだ。

タクシーの中で私はもう一度冷静に考えてみる。

今からジムに戻って着替えて、駅に戻る。六時にはやはり間に合わないだろう。ジムの生徒さんが急に破水しちゃって、病院に付き添ってたの、と言ったらノブオは何と言うだろう。まじかよ。めずらしいことがあるもんだな。

隣の男性を見ると、ぼんやりと窓から外をながめている。私の視線に気づいて、こちらを見た。どうしよう、何か、しゃべったほうがいいかな、と思って口を開きかける私の左腕に彼はそっとふれ、それを制した。すると脳みそが溶けたように、何を言おうと思ったのかさっぱりわからなくなってしまう。

彼は視線とあごのわずかな動きで運転手を指し示した。あいつが聞いているから注意しろ、と言うのである。そうだった、油断はできない。しっかりしないとまたこの人に、お前は自覚が足りない、と怒られてしまう。私は小さくうなずいた。

「ほんと、びっくりしたよなあ」

男はしゃべりだした。沈黙を守っていた車内に突然投じられた一石。運転手も一瞬だけ肩をびくっと震わせた。

けれどやっぱり、さすがである。男の口ぶりにはまったく不自然なところがない。ほんとね、と相手に合わせてみると、本当にびっくりした出来事があったみたいな気持ちになってくるから不思議だ。

「でも案外、大丈夫そうだったな」

「うん、よかった」

「まったく、人騒がせな話だよ」

そんなこと言わないの、と私が言ったら、また沈黙が落ちてしまった。

私はざわざわと不安になる。首にかけているジムのカードが急に重たく感じられ、はずしてバッグにしまう。車が地面の凹凸を越えて、縦に一度大きく揺れる。隣の男の顔を見る。男は涼しい顔をして、やはり窓の外を見ている。けれど私は今にも、運転手が本当のことに気がついて、私たちの目的地とは違う方向に静かにハンドルを切り始めるのではないかと気が気でなかった。私はつくり話を続けた。

「早く、お姉ちゃんから赤ちゃんが生まれたって連絡がくるといいね」

すると、とりあえずあんたたちは帰っていいわよ、と私たちのお姉ちゃんらしき人物が病院のベッドの上で言う和やかなシーンが、まるで見たことでもあるかのように、鮮やかに浮かんできた。これが本当だったらどんなにかいいのに、と思ったけれど、そんなふうに心ひかれるのは本当ではないからだということにも私は気がついている。

そうだな、と隣の男はおだやかに答えた。

大役を乗り切った、運転手は私たちをきょうだいと思ったのにまず間違いない、とすっかり満足していたのに、駅前でタクシーを降りるなり男に怒られた。

「なんだ、あの説明的なセリフは」

と言うのである。だって、と私は弁明を試みる。

「具体的なシーンが、運転手にも想像できたほうがいいかと思って」

ばかやろう、とそれはにべもなく冷たく一蹴された。

「ちょっとわけがわからないくらいが、普通なんだよ。たいていの会話なんかな、知らないやつが聞いたらそんなもんだ」

しゅんとした私を見て、けれど男は、まあいい、以後気をつけろ、と言った。

「行くぞ」

私たちはスーパーで洋服を上下揃えた。二人揃ってジムTシャツじゃあ、あまりにも目立つ。お世辞にもおしゃれとは言えないけれど、ジムTシャツよりはよほどまともな服を適当に見つくろった。男は膝の出るジーンズにチェック柄のシャツ、私はデニム地のスカートに白いTシャツ。スーパーではこの緊迫した状況にはおよそ似つかない、はやりのポップスを妙な節にアレンジしたインストゥルメンタルの曲が流れている。

着替えを終え、連れだってスーパーを出ようとしたそのとき、

「やばいな」

相方があわてたように私の腕をぐいとつかんだ。二人して入り口付近に身を隠す。

「どうしたの」

たずねるが男は沈黙したまま、左手首にはめている、時計型をした本部との連絡装置に見入っている。

「おい」

装置から顔を上げないまま、男は私に向かって呼びかけた。ただならぬ様子に、私はにわかに不安にかられる。

「どうしたの」

「お前はここに残ってくれ」

いつになく冷たい声で男は言った。

「今から数分後に、あそこのロータリーに男が現れる」

淡々とつづけ、自動ドアの向こうを見やった。

「俺たちを追っている野郎だが、『あれ』に関する重要な情報を握っている。何とかそれを手に入れてくれ。顔が割れていないのはお前だけなんだ。男はかならずお前に、今、おひとりですか、と声をかけてくるはずだ。それがやつらの常套手段だ」

男は私の目を見ながら、早口で機械的にそう言った。

「わ、わかった」

私はうなずいた。もともと選択肢などない。私がやるしかないのだ。

「二時間後に、マンケ・トルテの店で会おう」

男は言って、うなずいた。それからほんのわずか素の顔になって、大丈夫か、とだけたずねた。

「大丈夫」

私が答えると、そうか、と男は言ってふたたび表情を殺し、あっさりときびすを返して、すぐに出ていった。私はうしろ姿を見ないように、壁に貼られている特売のチラシをながめるが、内容などは頭に入ってこない。

声には出さずにゆっくりと十を数えたあと、私は店の自動ドアを出た。ロータリーをゆっくりと歩きながら、男が現れるのを待った。

「あの、すみません」

左斜めうしろのほうから声をかけられて、私はふり向いた。

「今、おひとりでしょうか」

ふり返ると、まず、派手な色のチェックのシャツが目に入った。私よりもいくらか背の高い、なかなか真面目そうな顔をした男の人である。

美しい黒目に束の間、私はなぜか強烈なデジャビュを感じて足を取られそうになりながらも、踏みとどまりなんとか気をとり直して、

「どう見ても、ひとりじゃないですか」

と答えた。

「それはそうですね。いやあ、失礼しました」

男はわざとらしく頭をかく。デジャビュはさらさらと脳の隙間を縫ってこぼれてどこかへ行ってしまう。

「あの、道を教えてくださいませんか」

私がたずねると、男は少しだけおどろいたような顔つきをし、それでも、ええ、と笑った。右頬にだけ笑窪ができる。

「来来軒に行きたくて」

「ああ、それなら、あそこから線路をくぐってですね」

と長い腕を伸ばすチェックの男に、

「もしよかったら、一緒に行ってくださいませんか。私、極度の方向音痴なんです」

一世一代の上目遣いで頼みこむと、いいですよ、と承諾した。

「ありがとうございます」

よかった。私は胸をなでおろす。わざわざ電車に乗って遠路はるばる塩ラーメンを食べにきたというのに、たどり着けないのではしかたがあるまい。

いつも思うのだが、方向音痴というのは生まれつきのもので、意志の力ではどうにもならないのにもかかわらず、それだけで、出かける前に綿密に下準備をしたり必要以上に早く家を出たり挙句に道に迷って遅刻したり、普通の人と比べてだいぶん時間を無駄にしている気がしてとても不公平だと思う。一生分をかき集めたらどのくらいになるのだろう、ということなど考えたくもないけれど、気になる。

ともあれ案内してくれるというので私はほっと一息ついて、チェックのシャツを着た男と並んで歩きだした。

「お家、この辺りなんですか?」

男はのんびりと、無害そうな口ぶりでたずねた。

「いいえ、遠いんですが、塩ラーメンが大好きで」

「本当ですか、僕もです。来来軒が好きすぎて、この駅に越してきたんです」

嘘か本当かわからない冗談である。

「お仕事は、何をされているんですか?」

男は、重ねてたずねた。

「雑貨店経営です」

私は答えた。そうですか、と男はなぜだか笑った。あなたは、とたずねると、僕もですよ、と言った。

私はついさっき、駅前で正体不明の男が声をかけてきたことがあった、と出しぬけに思いだす。なぜだか知らぬ間に、私は話しはじめていた。そいつはぬるぬるするうなぎのようで、どうにもしっぽをつかめなかったこと。そういうとき、私はどうやって会話を終わらせたら良いのかわからない、ということ。わからないので、いつまでもいいように付き合わされてしまう、ということ。

私の話を聞いて、男は笑った。

「たしかに、あなたはそんなふうに見えますよ」

「やっぱり、見えますか」

「ええ。そして連中は、あなたがそういう人だってことをね、きちんと見極めたうえで、狙いを定めてきているんですよ」

「そうなんですか」

やっぱり、と私は内心で憤慨した。

「しかし、どうやって逃げ切ったんですか」

と男がおもしろそうにたずねるので、私はジャーゴンの話をした。

「ジャーゴンのインストラクターだって言ったら、目を白黒させていました」

少し得意な気持ちになって言うと、なるほど、と男は笑って、

「でも、そんなことじゃあ、僕からは逃げられませんね」

と言った。そうして、

「ああ、ジャーゴンですか。僕も子どものころ習ってたんですよ。いやあ、偶然だなあ」

まるで別人がとりついたみたいにそう言った。

好感の持てるじんわりとした雰囲気の男性がいなくなり、かわりに突如うさんくさいセールスマンが出現して、私は度肝を抜かれる。

「と、僕なら言いますね」

と言ったその人は、さっきまでの人に戻っていた。気がするけれど、わからない。思い出そうとするともう、直近の、芝居がかったセールスマンが出てきてしまうのだ。

なるほど、駅前の男がこの人でなくてよかった、と思いながら、なんだかこの、ああ言えばこう言う、この感じ、どこかで覚えがあるような、と私は思う。

「びっくりしました」

「何が?」

「別人のようだったから」

私が言うと、別人、と男は噛みしめるようにくり返した。

「一瞬前と別人なのは、そんなのは当たり前のことですよ」

男はそう言って、黙りこんだ。私も黙っていた。

会話が途切れて手持ち無沙汰になり、右手に持ったバッグをふらふら揺らした。今度は私からたずねた。

「さっきは、何をしていたんですか、駅前で」

するとたんに、男の全身に一本の針金が通ったように、ぴりっと力が入った。なにげないそぶりであたりの様子を見わたしてから、

「いやね、見まわりをしていたんですよ」

と声をひそめた。

「見まわり?」

「やばいものを持ったまま逃げている、男女の二人組がいましてね、そいつらがあすこのあたりに現れるって話があったんですよ」

また、嘘か本当かわからないことを言う人である。いたって真面目な顔をしているが、内容が突拍子もなさすぎる。

「すみません、よかったんですか、来てもらっちゃって」

半信半疑ながらもいちおう謝罪しておくと、

「いや、大丈夫ですよ。あいつらを捕まえなきゃならないのは、あなたみたいな善良な市民のか

たを守るためですからね。今、来来軒に行きたくて困っているあなたを助けられないようじゃあ、本末転倒というものです」

男は自信満々にうなずいた。なんて理屈だろうか。でも、幸せそうなその人を見ていたら、これでいいのだ、と思えて、嬉しくなった。

「そんなに、やばい人たちなんですか」

私がたずねると、男はいきいきと言った。

「ええ、そんなに、やばい人たちなんです」

「見た目も、いかついんですか」

「いいえ、二人とも、スポーツジムの職員の黒いTシャツを着ているんです。見ませんでしたか」

ジムのTシャツ。なんだってそんな目立つ格好をして逃げているのだろう。本当に逃げる気があるのか。

「いいえ。一度見たら忘れなさそうですが、記憶にないです」

「そうですか」

しかし、その人たちが持ったまま逃げているやばいものっていったい何なのだろう。私はぼんやりと考える。

それはもしかして本当に、使いようによっては地球が爆発してしまうくらいのやばいもので、たった今、自分でも気がつかないくらいの髪の毛の先ほどの僅かなあいだに、私のからだは粉々に飛び散り宇宙の塵となって、これが私の人間としての最後の会話になる可能性だって十分にある。

そう思うと急に、空がひときわ青く、高く見えてくる。風が頬をそよそよとなでる感触が、道ばたの花の橙が、鮮やかに感じられてくる。運ばれてくる空の匂いを、肺いっぱいに私は吸いこんだ。

若草、という名前のついたふるい美容室の前で、ベビーカーを押しながら歩く若い夫婦とすれ違う。買いものをしてきたのか、夫のほうは、重そうにふくらんだスーパーの白いビニール袋をさげている。子どもは輪っかのおもちゃを握りしめたまま眠っている。まだ小さくて、女の子なのか男の子なのかわからない。夫婦は何を話すでもなく、穏やかに笑みを浮かべて寄り添って歩いている。

この夫婦は今日という最後の日に、特別なことをするのではなく、普段と変わらない日常をくり返すことを選んだのだ。

私は、隣を歩く男の横顔を、のど仏を見つめる。

こうして地球で最後の日に並んで歩いているチェックの男が、とても懐かしい人のように思えてくる。

私はこの人を知っている、と、おなかの底からわき上がるように、私は思う。

私はこの人に会ったことがある。生まれて間もなく記憶もないようなうちから、ものごころついたばかりの幼いころを経て今に至るまでの、長くもみじかくもあったあいだに、生まれた病院で、家で、学校で、電車の中で、仕事場で、夏休みに出かけた海で、近所の商店街で、より道をした帰り道の上で、旅先の遠い国の街角で。あるときは家族として、またあるときは恋人として、友人として、恩師として、あるいは、ただすれ違うだけの人として。

何度も、くり返し、私たちは会っている。

来来軒の赤い看板が見えてくる。

「ほら、見えるでしょう。あれが来来軒です」

「本当だ。すみません、本当に、どうもありがとうございました」

私は頭を下げた。

「任務、がんばってください」

「ええ。もしもまた、来来軒でお会いすることがあれば、そのときに」

チェックのシャツの背を向けて、男はもと来た道を歩きだした。背筋がぴんと伸びて、白線の上をまっすぐに歩いてゆく。

一体どこまで行ってしまうつもりなのだろう。

もう少しだけ、任務に向かう背中を見ていたいような気がして、ながめていた。けれどもどんどん、容赦なく小さくなっていってしまうので、とうとう私は大きな声を出して呼びとめた。

「ノブオ」

するとノブオはすぐにきびすを返して、今度は私のほうへ向かってくる。

つい先刻小さくなっていったノブオが、今度は少しずつ大きくなってくる。特徴的ながにまたで、わずかに左右に揺れるいつもの歩き方で。

「まったく、いつまで続けるのかと思ったよー」

遠くから、大きな声で文句を言う。

「ノブオが始めたんでしょー」

「俺じゃーねーよー、月子だよー」

「そうだっけー、忘れたよー」

とうとうノブオは私よりも少しだけ大きなもとのサイズに戻って、私の目の前に立っていた。

「私、ノブオに会えて何だかとても嬉しいみたい」

私は素直に言った。

「そうかよ」

とノブオも素直に嬉しそうにする。薄い眉尻がそっと下がる。

来来軒へ向かおうと歩きだしかけたところで、

「あれ、月子、お前何か落としてるぞ」

前かがみになって地面を見つめ、ノブオが言った。

「ううん、たぶん、私のじゃないと思う」

ふうんそうか、とかるく言ってノブオは歩きだし、私もつづく。

「何食べようかなあ」

「塩ラーメンじゃねえのかよ」

「うん、だけどさ、あるじゃん。他にも、餃子とか」

ううん、そうだなあ、と考えるとき大きな黒目が左上を向いて右手で顎をさする、その顔が好きだなあ、と私は思う。

「ま、とりあえず店に入ろうな」

とノブオが言って私の手をとったそのとき、ふと気になって、もう一度うしろをふり返ってみた。

もうずいぶん、遠く小さくなった銀色の鍵が、地面の上で西陽を受けて光った。

新年会

ええー、もうこの曲二回目じゃんか。伴さんがまたしても、まったく知らない昔の演歌の十八番を入れ嬉々としてマイクを握っているのを見て、あたしはカウンターの端でこっそりため息をつく。こういうときの万里姉を見るとあたしはいつも心から感心するのだ。伴さんのとなりで楽しそうに、いつ聴いてもいいわよねえ、と、控えめながらもしっかりと盛り上げている。

あーあ、とグラスを傾けてみるけれど、氷がからりと涼しい音をたててくちびるを冷やしただけだった。またなくなっちゃった。ぼんやりしているとついグラスに手をかけてしまう。そしてちびりと飲む。一回一回はちびりのはずが、何度も繰り返していると、おどろく速さでグラスは空になるのだった。新しいやつつくろうかなあ、と腰をうかしかけたところで、からん、と入り口の扉についたベルが鳴った。

「おじゃましまあす」

「ああ、なんちゃん、いらっしゃい」

振り向いた万里姉が伴さんのカラオケに負けじと声をあげる。伴さんはちょっと視線をやって、マイクを持っていないほうの手をあげたけれど、あとは平常運転で歌いつづけている。

「盛り上がってますねえ」

南山はいつものがに股で店の中に入ってくると、カウンターの真ん中らへんにでんと腰をすえ、そしてようやく隅に座るあたしのほうを見た。

「おう、亜子」

　おう、とあたしは答えた。

「そんな隅のほうに座ってっから、気づかなかったよ」

　南山は声が大きい。あっそ、とあたしは心の中だけでいって、どうせ自分のをつくるつもりだったのだからと立ち上がり、カウンターの内側に入った。

「今日来るって知らなかった」

　あたしがいうと、

「万里さんが誘ってくれたんだよ」

　と嬉しそうな南山。

「うちの新年会が、なんちゃん抜きじゃはじまらないでしょう」

　と万里姉。

　とりあえずビール？　とたずねると、おう、と答えた。南山の好きなビールはアサヒだ。冷凍庫からきんきんに冷えたジョッキを出して生サーバーから注いであげると、南山はいつも本当に嬉しそうな顔をする。

　あたしは自分にまたジントニックをつくろうと、冷凍庫から氷を取り出した。

「そのへんのものも、どんどん食べてね」

万里姉の声がとんでくる。カウンターには万里姉がつくった煮物とか、卵焼きとか、サラダとかのお料理がずらりと並んでいる。あたしはもう、会が始まって早々に、なくなっちゃう前にとひとしきり食べてしまった。万里姉の料理はすごくおいしい。特に大好きなのはカッサンド。ソースとからしの割合と、塗ってある量がなんともいえず絶妙なのだ。

「あっほら、その春巻きとか、亜子がつくったんだから」

「へえ、すごいな亜子」

「べつにあたしがつくったんじゃないよ、包んで揚げるとこやっただけだよ」

南山はあたしのいったことを聞いているのかいないのか、うまそうだな、といいながら春巻きにお箸を伸ばしている。なんとなくつまらない気持ちになってふてくされていたら、いつもよりすこしだけジンが多く入ってしまった。まあいいや。あたしはカウンターを出て、もといた隅の席に戻る。南山とあたしのあいだには、中途半端に椅子ふたつ分の距離があいている。

「春巻きうまいよ、亜子」

今日の南山はいつにも増して機嫌がいいみたい。

そりゃ、万里姉のつくった具だもん、と思ったけれど、いうのはやめた。

無言のあたしを南山はとくだん気にするふうでもなく、福山雅治の桜坂を歌い出した山田さんのほうを、ジョッキ片手に笑いながら見ている。

＊

ふと目を開けて、座ったまま数秒寝ていたことに気がついた。思ったより酔っぱらっているのかもしれない。

あたしはこんなお店でバイトしているけれど、もともとそんなにたくさん飲めるほうではなく、ただ好きなだけだ。そもそもここで働いているのだって、万里姉のお店だから手伝っているのと、ちょっとしたお小遣い稼ぎのためというのが大きい。万里姉みたいに社交的で、接客好きのタイプでもない。飲み会場では、隅のほうでひとりでぼんやりと飲んだり食べたりしながら、雰囲気を楽しんで満足するタイプだ。

気がつくと、南山が白いTシャツ一枚になってマイクを握っている。いつも着ているライダースジャケットはカウンターに置き去りだ。熱唱しているのは南山が学生のころ流行ったとかいう、ビジュアル系のバンドのごついロック。

あたしはカウンターの上でさみしそうにしている南山のライダースを見た。

寒い。きっと眠いのが原因だ。

というのを言い訳にして、あたしはそれに手を伸ばした。くったりと手になじむ黒い革。重たいそれを広げてみると、まるで南山が目の前に立っているかのような濃い存在感を放つ。ためらったけれど誘惑にあらがえず、何をいまさら、という気持ちで腕をとおした。あたりまえにぶかぶかだ。肩も落ちてるし、袖なんかわたしの手のひらの真ん中くらいまである。でもあたたかい。首元から南山の匂いがする。

あたしはなんだかますます眠たくなってきて、今度こそカウンターに頬をつけて目を閉じた。気持ちいい。南山の歌っていたうるさい曲が終わって、亜子のやつ、寝てる、とすこしかすれた声で、呆れたように笑う声が聞こえてきた。まあまあ、安心しきった顔しちゃって、とか万里姉はいっている。伴さんも山田さんも、みんな笑ってる。退屈しただけだもん、とあたしは思うけれど、文句をいうために瞼をふたたび持ち上げるだけの力はもう残っていなくて、あたしはそのまま静かに眠りの中へと引きずりこまれていく。

面影の舟

この世でいちばんきれいなものを見た。わたしはそれを、遅くなってしまった昼ごはんの洗い物をしながらふと顔を上げて、見つけてしまった。わたしの白くて四角い部屋全体が、西向きの窓から入ってくる夕焼けに照らされてぼんやりと赤く光っている、その隅のほうで戸棚の固そうなところにこめかみをもたれて眠っている奏ちゃんの顔。

わたしは手のひらの中にあったお皿を、音を立てないよう、できるだけ静かにシンクのうえに置いて、水をとめた。そして、そっと奏ちゃんに近づいた。

すると近づくほどに奏ちゃんの姿は大きくなった。当たり前のことに、胸がどきどきした。奏ちゃんはほっぺたが白く、ていねいに閉じられたまつげはふさふさで、そのふさふさのうえにすこし長い前髪がかすめる程度にかかっていた。鼻筋はまっすぐで、うすいくちびるがほんのわずかに、かすかに風を通す程度にすこしだけ開いて、白い前歯がのぞいていた。読みさしの雑誌が、縮こまるように組まれたジーンズの足の上に開いたままになっていた。

あたり一帯の空気が、奏ちゃんの放つ静かな命の輝きを受けて、透明に澄んでいた。それはまちがいなくわたしが今まで生きて、見てきたなかでいちばんにきれいな光景だった、そして同時にこれから先これ以上にきれいなものがわたしの目の前に現れることはないだろう、と思いもした。奏ちゃんを前にして、時間までもがぼんやりと、本来の働きを忘れてしまっているようだった。わたしは奏ちゃんを見つめた。ただひたすらに見つめた。まばたきをするのも惜しかった。奏ちゃんはひそやかに息をしていた。それを見ていると、恋も愛も友情も神も知識もお金も、この世で価値があるとされているものなどすべて色あせて、かわいたものに思えた。奏ちゃんのからだじゅうの皮膚やつめや髪の毛全体から、それを見た誰もがただちに武器を捨て、戦争をやめざるを得ないような、有無をいわさない、けれどあたたかい美しい力がそっと放たれていた。

どうしよう、いつか奏ちゃんが目覚めてしまう、とわたしは思った。そしてカメラを持ってこようかと考えた。けれど写真に撮ったところで、無意味なことはわかっていた。映像を残したとしても、それは空気の匂いや肌触りとは絶望的に切り離されて、大切なものをうしなってしまう、そしてその大切なものこそがいま、わたしの心をふるわせている正体にちがいないのだった。ぼんやりとうすまった一秒一秒をわたしは惜しむように、できるだけ長いことだれかに見つからないように息をひそめて過ごした。それがだれかはわからなかったけれど。わたしの指先から、洗い物の水が何滴か、ぽたぽたと落ちた。

まず眉根が、むず、と動き、同時に雑誌の端にかけられていた右手の人さし指がぴく、と動いた。その瞬間にわたしは絶句した。澄みわたっていた空間の緊張はふいととけて、全体が色の、匂いの濃い、日常になった。奏ちゃんはそのなかで細く細く目を開け、早足で数回まばたきをして、

「寝ちゃった」

とまだ半分眠っているようなかすれた声で発音し、右手で右目を、すり切れてしまいそうなくらい強くごしごし、とこすった。それからようやく、目の前で口を開けて放心しているわたしを見て、

「どうしたの」

とたずねた。わたしはしばらく口がきけなかった。この世でいちばんきれいな景色が、大切な奏ちゃんの二度とこない一瞬が、いままさにわたしの指の間からこぼれて吹き飛ばされていってしまったのだ。わたしは目を閉じた。さっきまでの奏ちゃんを一生懸命まぶたのうらに思い浮かべた。まだ思い出せる。けれどこの細すぎる糸のような、淡すぎる光のような、しゃぼんの泡のような記憶がかんたんに消えてしまうということはわかっていた。忘れるな忘れるな忘れるな、わたしは自分の脳みそにむかって自分の脳みそのなかで三度念じた。念じていたらよけいに、念じるしかできないわたしのちっぽけさが、いつかかならず忘れてしまうのだという事実が、いっそう真にせまって感じられて、胸がぎゅうと苦しくなって目の端に涙がにじんだ。

「どうしたの」

奏ちゃんはさっきよりもすこしだけ深刻そうな調子でもう一度そういって、わたしの両手を弱くつかんだ。弱くつかんでいる、いつもささくれだっているつめのみじかい奏ちゃんの指先のことを、きっとわたしの手のひらの水で濡れてしまった指先のことをわたしは思って、目を開けた。

奏ちゃんの、下向きのまつげにふちどられたより目がちの目のなかに、わたしがうつっていた。

「奏ちゃん」

わたしは足のうらで地面をつかむように、奏ちゃんの名前を呼んだ。そうしたら、すこし安心した。そしてその後の言葉を、考えた。口を開いて、息を吸ったけれど、出てこない。奏ちゃんは何もいわないわたしの声に耳をそばだてるように、まゆげをすこし持ち上げた。それでも言葉は出てこなかった。わたしはふたたび、目をぎゅうと強く閉じた。

目の前の奏ちゃんが、話し、動くたびに、さっきまでの奏ちゃんがどんどん消えていくということが、わたしを混乱させていた。わたしはひとりぼっちだ、と強く思った。ずっとずっとわたしはひとりぼっちだったのに、なぜ今までそのことに気がつかずに生きてこられたのだろう？

けれど目を閉じているわたしにふいと、奏ちゃんの体温の生暖かさと、シャンプーでも石けんでも香水でも、汗でもない、まさしく奏ちゃんのからだのにおいが近づいてきた。そうしてわたしのほっぺたにぴったりと、奏ちゃんのほっぺたがくっついた。それは冷たくも、あたたかくもなくて、ああ、今奏ちゃんとわたしはおんなじ温度をしているのだ、とわたしはそう思った。奏ちゃんの腕が、そうっと遠慮がちにわたしの背中にまわった。

「大丈夫」

いつでもわたしの心を洗うまっさらな声で、奏ちゃんはいった。

くりかえしながら、わたしの背骨のでこぼこしたところをゆっくりとさすった。

「大丈夫、大丈夫」

ようこ、と奏ちゃんがわたしの名前を呼んだ。わたしはそれを聞いてたまらなくなって、奏ちゃんの背中をぎゅうと抱きしめた。ひゅうと奏ちゃんが息をすいこむのがわたしにはわかった。奏ちゃんの細いからだのなかの、ちいさな肺が酸素でいっぱいになった。わたしは奏ちゃんのみどりのTシャツの肩をかじった。ふふ、と肺のなかの酸素をもらしながら奏ちゃんは笑った。そっとくちを離すと、奏ちゃんのみどりのTシャツはわたしの歯形にしめって色が濃くなっていた。

悲しみが消えてなくなればいいのに、とわたしは心から思ったけれど、悲しみが消えてなくなるということは、ほんとうのほんとうに、わたしがさっきの奏ちゃんを忘れてしまうということなのだった。

奏ちゃんはしばらくわたしの耳もとで、とくべつわたしに聴かせる、というふうでもなくひとりごとみたいにして、ちいさな声でとぎれがちにわたしのしらない鼻歌を歌っていた。しらない歌だけれど、なんとはなしにそれはわたしのからだの皮膚になじんで、それは奏ちゃんが歌っているからだと思う。歌はさやさやと、ただおだやかに流れて、蛇行する、そのあいだ奏ちゃんの右手はわたしの背中をなぜることをやめなかった。休むことなく、早すぎも遅すぎもせず。鼻歌はそれから、終わりに近づいている、ということがわかるような調子でゆったりと終わりに近づいて、そして終わった。歌が終わって、その余韻がうっすらと残っているなかで、

「眠ろうか」

奏ちゃんは低く、そっといった。わたしは何もいっていないけれど、奏ちゃんはわたしが何を思っているのかわかっているような気がした。いや、ほんとうはどうかわからない、気がしただけかもしれない、それでも、気がする、ということがわたしにとっての救いであることに間違いはないのだった。

うん、とわたしは返事をして、さっきまでの奏ちゃんに別れを告げ、いま目の前の奏ちゃんと一緒に生きていく。大丈夫、背中の奏ちゃんの手のひらはとてもやさしく、とてもあたたかい。

おれはここにいるよ、と奏ちゃんはいった。

ある日々のできごと

頬にやわらかく、あたたかいものが触れて目が覚めた。それは手のひらだった。

わたしはそれを握った。すこし汗ばんでいた。

周平は嬉しそうに笑った。

*

周平が、二十五歳になっている。

わたしと、同じ歳だ。

二十五歳の周平は見るからに若く、いつもと違うことはすぐにわかった。そして、わたしと同じ歳だということも。周平は、一つ上でも一つ下でもなく、わたしとまったく同じ歳になることを選んだのだということを、わたしは直感的に理解した。

わたしは咄嗟に、掛け布団から左手を出してみた。いつもの骨ばったわたしの手には、きれいな宝石の埋めこんである指輪がしっかりとはまっていた。まだ見慣れない、しかし数週間前からやけに確かな存在感をもってそこにある銀色の指輪が。

周平はやがて目やにでくっつけられた両のまぶたを開いた。そしてわたしのことを、しばらくじっと見つめた。見つめる目の力が、いつもよりも鋭く感じられた。

「おはよう」

という声は、やや湿り気をおびていた。

「おはよう」

答えたわたしの声は、寝起きでざらついていた。

周平はそのまま、むくりと上体を起こした。白いTシャツから透けている肩のあたりには、余計な肉がなくなんだか頼りない。同世代の男ともだちたちよりも、なぜかずっと子どものように見えた。わたしはおもわず手を伸ばし、肩甲骨のあたりに触れた。

周平はくすぐったそうに、声を出して笑った。そしてわたしをふり向き、頭に手を伸ばしてそっと撫でた。

歯を見せて笑うと同じ顔をしている。人なつこい犬みたいな。

わたしはそれから起き上がり、周平がシャワーをあびているあいだにサラダとオムレツの用意をした。浴室から出てきた周平はぬれた髪をバスタオルで拭きながら、エフワンの中継をやっているからとテレビをつけた。

「今日は雨だから、おもしろいぜ」

朝食を食べているあいだも、周平の視線はわたしのうしろにあるテレビにほとんど釘付けだった。

なぜ、きゅうに、二十五歳になったのか、わたしに説明してくれる様子はなかった。

「亜美子」

としかし周平は変わらないやり方で、ただやはりいつもよりほんのすこしだけ湿度の高い声で、わたしを呼んだ。

「今日、何する？」

わたしを気づかってか、周平は消音でエフワンをつけていた。しかし気配を消しているエフワンがわたしはむしろ気になって、なんども周平の視線の先をふり向いてしまう。

「ドライブにいこうよ」

とわたしはいった。どうせ、面倒だ、といわれるのだろうと思いながら。

「いいよ」

しかし周平はあっさりと承諾した。

「それなら急いで支度をしよう」

いつもよりすこしだけ時間をかけ、ていねいに化粧をした。気づいているのかいないのか、周平は、きれいだな、と出来上がったわたしの顔を見ていった。

車を運転している周平の横顔を、何度も、わたしは見た。何度目かに周平は、どうしたの、とたずねた。わたしは、なんでもない、と答えたけれどほんとうはほかでもなく、わたしの知らない周平の横顔が新鮮だったのだ。ひきつけられて、見ずにはいられなかった。

若い周平は右手でハンドルを切りながら、左手でわたしの右手をとった。やわらかく、やさしく。わたしは胸がざわざわした。二十五歳の周平に触れられると、不安ともいらだちとも、悲しみとも愛しさともつかないものが、さざなみのように胸を満たした。

一日の終わりに、きれいな景色の見える海辺のレストランで食事をしながら、わたしはいった。

「どうして？」

「何が？」

周平は、あっけらかんとたずね返した。

周平の運転する車に乗り、公園でおりてバドミントンをし、海の見える道を走って、レストランに到着し食事をしている今のあいだじゅうもずっと、わたしの胸のさざなみは強まりつづけた。潮が満ちるように。そしてついにわたしはそれを外に出さずにはいられなくなった。

しかし、何がわたしをこんな気持ちにさせるのか、わからない。

二十五歳の周平が、わたしは怖かった。嫌いだった。わたしと同じだけの、若いエネルギーを持つ周平が、昨日まではわたし以外の誰かを愛していた周平が。

けれど同時に、周平は変わることなく周平だった。それがわたしを困惑させた。

「何がっていうわけじゃないけど」

わたしはいった。どうしても悲しくて悔しくて、涙がこぼれた。周平は困ったような顔でわたしの頬を流れる涙をぬぐったけれど、周平がやさしいだけわたしの胸の中はますます重く暗くなっていった。

でも、涙をぬぐう周平の手をふり払うことはできなかった。

「どうしてわたしより先に生まれたの?」

周平は悲しそうな顔で、ごめん、といった。わたしは周平に謝ってほしくなどなかった。ならばしかし、なんといって欲しかったのか。わたしはただ、周平を攻撃したかっただけだということに気がついた。周平自身にも、どうにもできないことなのに。

帰りの車の中ではほとんど話をせず、わたしはずっと眠ったふりをしていた。ときどき薄眼を開けて、また周平の横顔を見た。きっと周平は気づかなかっただろう。

険しい顔で運転をつづける周平は、信号待ちのあいまにわたしをときどき見やった。そして指先でそっと、わたしの前髪を分けたりした。わたしのことなんか、知らないくせに。

背を向けるようにしてベッドの中で横になったわたしを、周平はうしろから遠慮がちに抱きしめた。首すじに髪の毛があたってちくちくした。

「愛しているよ、亜美子」

周平は小さくいった。わたしはそのまま眠りに落ちた。

次の日の周平は、三十一歳だった。前日よりも歳をとり、しかし見慣れた周平よりはやはりわずかに若かった。前日の周平に対するよりも、すこしだけ親しみがわいた。

「誰なの？」

わたしはたずねてみた。

「周平だよ」

と周平は答えた。「忘れたの？」

わたしは首を横にふった。

「でもわたしのこと、知らないでしょう」

周平は、なんだそんなことか、という顔で笑って、

「亜美子だろ」

といった。

「そうだけど」

なおも釈然としない顔をしていると、周平は、おいで、と両腕を広げた。ものは試しだ、と思い、その中に入ってみた。同じ匂いがした。

三十一歳の周平は、見慣れているのよりもすこしだけ、ふっくらしていた。そういえば、もう

すこし太っていたころがあったのだといつかいっていたっけな、と、わたしは思い出した。

わたしと周平は、近所のショッピングモールに出かけることにした。出かける前に周平は、わたしの知らない眼鏡をかけた。

「その眼鏡、初めて見た」

というと、

「三十一歳だからな」

と周平はいった。

ショッピングモールでは季節の変わり目のセールをしていて、すごい人だった。まだしばらくは着られそうな服たちがずいぶんと値下げされ、見るだけですこし、疲れてしまう。

周平は、シャツとチノパンをひとつずつ、わたしは、靴を一足買った。何足もの靴をあれこれと試着するわたしに、周平は根気よくつきあった。

靴を選んでいるとき、店にわたしが入ってきた。若いわたしだ。わたしはとっさに年齢を計算した。あのわたしは、十九歳だ。

試着用の靴を履く手を止めて入り口付近を凝視しているわたしを見て、周平も気がついた。

「あれ、亜美子?」

わたしはうなずいた。周平は苦笑いをして、若いな、といった。たしかにわたしは、若かった。

あれからそんなに歳をとったつもりもないのだけれど、今になってこうして見てみると、それはまだほとんど少女だった。少女のわたしは、同じくらいの歳のころの男の子と一緒にショッピングをしていた。

「ボーイフレンド?」

周平がたずねるので、わたしはまたうなずいた。あのボーイフレンドにしたって、当時のわたしからはこんなふうに子どもみたいにには見えなかったはずだ。

「やきもちとか、妬く?」

わたしがたずねると周平はまた苦笑いをして、首を横にふった。

「あれはちょっと若すぎる」

ふうん、とわたしはいった。十九歳のわたしとボーイフレンドはわたしたちからの熱い視線に気づくこともなく、早々に店を出ていった。

「おれがやきもちを妬くのは、未来の亜美子にだよ」

周平はふといった。

「未来のわたし?」

「そう。何をしていたかわかる過去の亜美子ではなくて、何をしているかわからない未来の亜美子だよ」

と周平はいった。

餃子の材料を買って帰り、ふたりでつくることにした。

三十一歳の周平は、餃子の包み方がおそろしく下手だった。皮の端と端を、合わせてからひだにしようとするから、ちっともきれいにできないのだ。はじめてわたしと一緒に餃子をつくったときの周平とおなじだ。

しかたがないのでもう一度教えた。すごいな、亜美子、と周平は素直に感激し、嬉々として具を包んだ。

餃子をたらふく食べ、ビールを飲んだ。周平はいつものように、頬をほんのり赤くした。わたしはもっと赤く、ゆでだこのようになった。洗いものはシンクにさげて、けれどすぐにやる気は起きないのでとりあえず水につけたままにしてある。

食卓に戻ってきて、周平は窓をあけた。湿った夜の匂いがさっと入ってきて、わたしの頬をなぜた。周平は窓の外を見ている。やはり、知らない眼鏡だ。わたしはテーブルの向こうに手を伸ばし、周平の眼鏡を外した。それでもまだ、すこし知らない顔だった。三十一歳の周平は、二十五歳の周平と、わたしの知っている周平と、どちらにも似ていたけれど、そのどちらでもなかった。わたしは知っているはずの周平を思い出そうとしてみたけれど、三十一歳の周平を目の前にしていると、それはずいぶんと難しいことだった。

「何を考えているの、今？」

わたしはたずねた。周平はわたしのほうを見て、

「何も考えてなかった。ぼんやりしてた」

といった。

「じゃあ昨日は？　昨日は何を考えてた？」

わたしはなおもたずねた。わたしの知らない周平の、頭の中のことを、わたしはとても知りたかった。

「昨日か」

と周平はいい、しばし考え込んでしかし、

「思い出せないな」

とこめかみに手をやった。

「昨日のことは、よく思い出せない」

わたしはがっかりした。周平はその後につづけた。

「でも昨日も、亜美子のことを思っていたよ」

「思い出せないのに？」

「思い出せなくても、わかるんだよ」

「わたしのこと、知らないのに？」

わたしはさらに追及した。それから朝も同じことをいったということに気がついた。けれど周平は同じようには答えず、

「知らなくても、わかるんだよ」

といった。妙に自信ありげであった。わたしはそれでなんとなく、もう質問する気をなくしてしまった。黙りこんだわたしの唇に、周平はそっとキスをした。やり込められたようで、不満だった。

「それ、何？」

今度は周平がたずねた。

「え？」

それ、と周平はわたしの左手を指差す。

「ああ、婚約指輪だよ」

ふうん、と周平はいった。わたしは指輪に視線を落とした。

「おれにもらったの？」

「うん、そうだよ」

周平はしばらく何もいわなかった。窓の外をまっすぐ見つめる周平は、何を考えているのかよ

くわからない。わたしが別のことを考え始めそうになるころになって、

「どんなやつ?」

とたずねた。婚約指輪をくれた周平のことだ、と思い至るのに、すこし時間がかかった。

どんなやつ。

「いいやつだよ」

わたしは咄嗟に答えた。しかし答えてから、それでは足りないと思う。けれどわたしの知っている周平の魅力を、なんと伝えれば良いのだろう。考えていると、周平はまたわたしにキスをした。変な気分だった。考えてもわからないことがもどかしかった。

三十一歳の周平と、わたしはセックスをした。三十一歳の周平のセックスはいつもよりすこし乱暴で、わたしはまたすこし涙が出た。でもそれは嫌だったからではない。嬉しかったわけでもない。

＊

何歳なの、とわたしは目の前の周平にたずねた。周平は右手の指を三本、立てて見せた。

「そう」

わたしは周平の頭をなでた。頭蓋骨は手のひらの中に収まるくらい小さく、髪は柔らかで茶味がかっていた。

「朝ごはん、何がいい?」

わたしはたずねた。

「ドーナツ」

周平は答えて笑った。

「わかった」

わたしは卵と牛乳と、砂糖と小麦粉を混ぜ、緩いたねをつくった。たっぷりの油にスプーンで落としていくと、おばけのような形になって固まる。

周平は、黄金色に揚がったものに砂糖をまぶす係をした。シナモンは周平が好きではないので、まぶさなかった。

紅茶をいれて、周平と食べた。揚げたてのドーナツは、外はこんがりと香ばしく中はふっくらと柔らかい。周平の手や口のまわりは、すぐに砂糖でべたべたになった。服もすこしよごれた。しかしおいしそうに食べているので、かまわないと思った。三歳の周平はとてもかわいかった。つくりすぎた、と思ったけれど、結局ぺろりと平らげてしまった。わたしは周平の手と口を濡れタオルで丁寧に拭き、Tシャツを着替えさせた。

それからわたしたちは公園に出かけた。ちょっとした丘のようになっていて、家々が見わたせる。遊具は小さな幼児用のブランコだけだ。

公園にはわたしたち以外、誰もいなかった。周平はブランコを見つけるやいなや、つないでいた手を離し、おぼつかない足どりで駆けていった。

「気をつけるのよ」

離れていく小さな背中に声をかける。にわかに不安になる。けれど周平はそんなわたしの胸のうちなど知る由もなく、ブランコをつかまえると満足げにわたしをふり返った。

わたしも乗りたいと思ったけれど、わたしのおしりの大きさでは到底入らない。諦めて、ブランコを取り囲む鉄柵の上に腰かけ、ひとりでブランコをこいでいる周平をぼんやりと眺めていた。

「楽しい?」

たずねると、うん、と答えた。

「亜美子も乗りたいの?」

「乗りたいけど、無理なの」

「どうして?」

「大きいから」

周平はブランコをこぐのをやめ、不思議そうな顔でわたしを見た。

「亜美子、どうしてそんなに大きいの?」

まるで、わたしが大きいということに初めて気がついたようないい方だった。

「わたしが大きいんじゃないの、周平が小さいんだよ」

周平はますます不思議そうな顔になって、黒目の大きな目でわたしを見つめた。それからぱっと立ち上がり、わたしのほうにかけよってくると、おなかのあたりに抱きついてきた。

わたしは抱きしめ返し、周平の頭を見下ろした。つむじがふたつある、周平の頭。ひとまわりもふたまわりも大きい周平の頭のことを、わたしは懐かしく思い出した。しかし同時に、わたしがいないと生きていけない、といった様子の周平がかわいくもあった。母親ってこんな気持ちかな、とわたしはぼんやり思った。

「亜美子、どこにも行かないで」

三歳の周平はいった。

「行かないよ」

わたしはまた周平の頭をなでた。周平はしばらくそうしたままいた。

晩ごはんはハンバーグにした。周平の好物はハンバーグだと、わたしは知っている。小さな周平はケチャップをたっぷりかけて、おいしそうにハンバーグを食べた。

寝る前に、わたしは周平に本を読んであげることにした。絵本の類はこの家に、わたしのお気に入りの一冊しかない。何度も死んでは生まれ変わるねこの物語だ。本の背表紙に書かれている対象年齢は、三歳よりもずっと上だった。

わたしがこの部屋に引っ越してきたときに持ってきた荷物の中で、周平は卒業アルバムのほか、なぜかこの本に興味を示し、わたしが荷解きをしている部屋の隅でひとりで読み始めた。数分後、やけに静かだと思ってふと見ると、本を読みおえた周平は泣いていた。

わたしはそれを見て、心の豊かな、きれいな人だなあと好もしく思ったのだった。

三歳の周平は、初めての物語を前に興味津々の様子で聞き入りはじめたものの、中盤をこえたあたりからそわそわしはじめた。朗読をつづけているとやがて、本を支えているわたしの左手を握った。

「どうしたの」

たずねると、周平はまたいった。

「亜美子、どこにも行かないよね」

不安そうな顔をしている周平を前に、わたしはすこしためらい、しかし結局告げた。

「でも、わたしたちは別の人間なのよ」

相手は子どもだ。しかし同時に周平でもある。周平はわたしをじっと見た。

「じゃあもっとそばに来て」

そういって、わたしに強く抱きついた。わたしは周平を抱きしめ返した。薄っぺらく、力を入れたら折れてしまいそうなほど頼りないからだだった。

そのうちに、周平は眠ってしまった。本は読みかけのままだった。肺が小さいので、息を吸って吐く、そのサイクルがとても短い。

わたしは枕元の灯りを消し、周平の小さな呼吸を聞きながら目を閉じた。

眠ったら最後、三歳の周平とはもう会えないのだ、と思った。三歳の周平といると、心安らかだった。しかしそれはきっと、一日限りのことだからだ。

小さい周平は、いつまでも小さいままではいない。すこしずつ歳をとる。わたしよりも早いスピードで、ぐんぐん大きくなる。わたしは願わずにはいられなくなるだろう、どうかこのままでいてほしいと。しかしそれはかなわない。七年後には十歳になる。十二年後には十五歳になる。きっと誰かと恋をする。そのときわたしは、三十七歳。本当の周平と同じ年齢だ。

三十七歳の周平。会いたい、と思った。

もう、何歳になっていてもおどろくことはない、と思いながら目覚めた朝、周平はひどく年老いていた。

わたしのとなりで未だ目を閉じている周平の、髪は銀色に透きとおり、頬はたるみ、まぶたはくぼみ、顔じゅうには無数の小さな皺が刻まれていた。わたしはその皺のひとつひとつを、丁寧に見つめた。

見つめていても、周平は目を覚まさなかった。わたしはひとりで起き出して、リビングでお茶をのんでいた。

しばらくすると、あくびのような、大きくのびをするような声が寝室から聞こえてきて、わたしは周平が目を覚ましたことに気がついた。

入り口のドアの陰から様子をうかがうわたしのほうを見て周平は、

「亜美子」

と安心したように、目尻に皺をたくさん寄せてほほえんだ。わたしは周平がベッドから起き上がるのを手伝った。

前日に、三歳の周平と行った公園に、わたしはふたたび周平と行くことになった。周平は、シンプルだけれどもおしゃれな、持ち手が美しい曲線を描いている杖をついていた。空いているほうの左手は、わたしの右腕をつかんでいた。

公園から見える景色は、やはりきれいだった。わたしは周平と並んで、ベンチに腰かけた。

「きれいだなあ」

周平はいった。わたしはその横顔を見た。目尻に皺は増えたけれど、それはまぎれもなくわたしの好きな周平の目だった。

「周平」

わたしは呼びかけた。うん、と周平は答えた。声はしわがれていた。

「なんでもない」

それまでわたしにとって、これほど歳の離れた人の心について想像することはとても難しかった。若いころがあったのだということを頭ではわかっても、彼らの感じる世界とわたしが感じる世界には生まれつきの隔たりがあるように感じられてならなかったのだ。

けれど今、周平は、周平だった。わたしの知っている周平のずっとずっと延長線上に、年老いた周平は静かにいた。

三歳の周平が乗っていたブランコには、今は別の子どもが乗っている。母親とおぼしき女性が、ゆっくりとブランコをゆらしている。

彼女らは今のわたしたちを、間違いなく祖父と孫だと思うのだろう、と頭をよぎった。血の繋がったわたしと周平。だれかの頭の中だけだとしても、そんなものが存在するのは奇怪だった。

野菜の煮物と白米とみそ汁で、簡素な夕食をとった。ひとくちだけ、といって、周平は日本酒を出してきた。わたしもそれに付き合った。

歯を見せて笑う周平はまだ、人なつこい犬のような顔をしていた。人なつこい老犬。

食事をする部屋には、壁一面の大きな窓がある。今日はその部屋に布団を敷いてくれないかと、周平はわたしに頼んだ。

「月が見たいんだ」

周平はいった。そんなことはおやすい御用だ。わたしはいわれたとおり、窓際のテーブルを退かして布団をしき、洗い立てのシーツをかけた。

「ありがとう、亜美子」

周平はずいぶんと早い時間に布団に入った。月は半月よりもすこしだけ太っていた。わたしは、周平と同じ布団に入るべきか否か、逡巡した。枕元に正座しているわたしのほうへ、周平は布団の中から手を伸ばした。わたしはそれを握った。

「ありがとう、亜美子」

周平はもう一度いった。そして全身を布団に預けるように、目を閉じてほほえんだ。

「月がきれいだな」

目を閉じたまま周平はいった。わたしも周平に誘われるように、そっと目を閉じた。風が木々をざらざらと揺らす音が、窓の外から聞こえた。

「きれいだね」

そうして目を閉じて周平と手をつないでいると、世界と周平とわたしと、すべてがひとつに溶けてしまうような気分になった。空間と時間の交差する、どの点に周平が、わたしがいようとも、それはささいなことでしかなく、ただつなぐ手のあたたかさだけがたしかに存在するように思えた。

「亜美子は、おれといて幸せだったかな」

周平はひとりごとのように、つぶやいた。それは年老いた周平だったような気もしたし、わたしのいちばんよく知っている周平だったような気も、三歳の、三十一歳の、二十五歳の周平だったような気もした。亜美子は幸せだったかな。反芻するたびに、思い返すたびに、それはオーロラのように姿を変えた。

三歳の、三十一歳の、二十五歳の周平との一日を、そして三十七歳の周平との数えきれないたくさんの一日を、思い返してみた。とくだんに美しいわけではなかった。いつも笑ってばかりいたわけでもなかった。しかしそれらが幾重にも折り重なってわたしの胸のうちに運んでくるのは、まぎれもなく温かく、おだやかな色をした何かだった。

「幸せだったよ」

わたしは答えた。わたしは目を閉じたままいたけれど、周平がほほえんだことがわたしにはわかった。

そして周平は、深い呼吸を一度した。

わたしは目を開いた。周平はほほえんだままいた。

痩せた周平の胸に、わたしは頬をつけてみた。心臓の鼓動は聞こえなかった。けれど周平のからだはあたたかかった。

「周平」

わたしは話しかけた。うん、といってくれることを、期待している気もしたし、していない気もした。

「どうしてわたしと結婚しようと思ったの?」

周平は、何も答えなかった。すっからかんだ。さみしかった。しっとりと。

わたしはそのまま周平の胸の上で、包まれるように眠りに落ちた。

*

薄眼をあけた。わたしは、ベッドで眠っていた。目の前にある掛け布団の山をおそるおそるつぶしてみると、その向こうに周平の顔があった。

むず、と鼻がうごいた。

わたしは手を伸ばして、周平の鼻に触れた。

えっふい、というような声をたてて、大きなくしゃみをしながら、周平は目覚めた。

「おはよう」

わたしはいった。

「おはよう」

周平は答えてから、また小さなくしゃみをした。

わたしは周平の頬に触れた。目尻に触れた。そして唇に触れた。

周平は、三十七歳だった。わたしの知っている周平が、戻ってきた。

周平の頬を、つねってみた。

「いてて」

周平は声を上げた。夢ではないのだ、とわたしは思った。そのままじっと見ていると、どうしたの、と周平はすこし笑ってたずねた。

「どうもしない」

わたしはいった。そして、

「朝ごはん、何がいい？」

とたずねた。

「ドーナツ」

周平は答えて笑った。

「わかった」

わたしはベッドを抜け出しながら、

「最近ドーナツ食べなかった?」

とたずねてみた。周平はいぶかしげな顔になった。

「いや。なんで?」

なんでもない、とわたしはいって、すこし笑った。変な亜美子、と周平はいった。

君を待っている

やあ、リサ、と先生がいいました。

わたしはリサだったのかしら、とリサは思いました。それからそのすぐあとに、リサだったんだわ、と思いました。

こんにちは、とリサはいいました。

そのときには、もう完璧に、リサはリサでした。

それからリサは、自分が先生のことをよく思い出すことができない、ということに気がつきました。

でも、リサは先生のことをよく知っていると思いましたし、先生もリサのことをよく知っていると思いました。

先生は、それでいいんだよ、とうなずいたので、リサは心から安心しました。

ここに来てからずっと、さざなみのようなものが、リサに向かって語りかけてきます。ずっと、といっても、リサは自分がいつからここにいるのか、よくわかりません。とうの昔からのような気もしますし、たったついさっきのことのような気もしています。

けれどとにかくリサがここへ来たそのときから、たえずリサの頭の中に、さざなみのように、ささやきのように、遠くから近くから、語りかけてきているのです。

語りかけているのでしょうか？

もしかして、それはひとりごとのようなものなのかもしれません。それでも、どうしてか、どのようにしてか、それらは自分のことをリサに聞いてほしいと思っています。そのことが、リサにはわかります。

消えてしまった、言葉たちだよ、と先生はリサにいいました。

消えてしまった、言葉たち？

ああ、そうさ。誰かにいいかけて、やめた、届けられることのなかった言葉たち。確かに存在したのに、言葉になる前に、心のすきまに、時間のすきまに、消えていったものたち。失われた人や、失われたものに対する、失われた感情、そしてとうとう、失われたということさえも忘れられてしまったものたちさ。

リサはそれを聞いて、もう一度、さざなみに向かって心をとがらせました。感謝の言葉、愛の告白、恨みの言葉、お祝いの言葉、罵り言葉、喜びの言葉、悲しみの言葉、言葉にならないもやもや……。そこには、いろいろな色がありました。けれどどれをとってみてもその上には、そこはかとなく、薄っすらとした膜のようにふんわりと重なり覆いかぶさる、胸をしめつけられるような無念や寂しさの色がありました。

リサは漂いながら、言葉に耳を傾けていました。そのうちにリサの中には雪のように、灰のように、彼らの抱えていた、抱えている、寂しさや情愛が少しずつ積もっていきました。

そのうちにリサはそうした感情が、もともとリサの中にあったものなのか、言葉からもたらされたものなのか、わからなくなってゆきました。

言葉はリサに、そして、リサは言葉になってゆきました。

そのとき突然、あなたはだあれ、と誰かがいいました。リサはびっくりして、あなたこそ誰なの、と思いました。僕は……誰なんだろう、とその誰かはいいました。

自分が誰かというのは、答えるにはとても難しい問いだね、と先生はいいました。リサは、そのとおりだ、と思いましたし、誰かさんも、そのとおりだ、と思ったようでした。

誰かさんの中には、さらに、ここがどこなのか、自分がなぜ、いつからここにいるのか、といったような疑問が、さらに湧いたようでした。そしてそれは、ほかのたくさんの言葉たちと同じように、リサをしっとりと震わせたあと、やがて消えてゆきました。

誰かさんはそれからしんと静かになって、周りをたゆたう言葉に心をとがらせ、すませはじめました。リサも同じように、心をすませ、そしてリサはほかのたくさんのさざなみの中に、さざなみの声を聞いている、誰かさんの心のさざなみを聞きました。そして、誰かさんも同じように、リサの心を聞いているのかもしれない、と思いました。

誰かさんの心の色が、しだいに切実さを帯びてきていることにリサは気がつきました。それに気がついた、リサの心もまた、ざわめいているようでした。とてもおだやかで、同時にとても激しく、あたたかく、そして冷たい。

それを聞きながら、リサも、悲しいような、愛おしいような、不思議な気持ちになっていました。

大丈夫だよ、と先生はいいました。

生まれたものもやがては消えるし、消えたものも、かたちを変えてやがて戻る。だから心配しなくていいんだよ。

それを聞いた誰かさんのさざなみは、しだいにおだやかになり、小さくなり、小さく小さくなって、やがてしゅわしゅわと、炭酸の泡のように消えてしまいました。

先生、とリサは消えてしまった誰かさんのことを思いながらいいました。ここにはあんまりたくさんのものがありすぎるわ。

そうだね、と先生はいいました。ものにはかたちがあるけれど、言葉には、気持ちには、かたちがないでしょう、だからみんな、なくしても気がつかないだけなんだ。

リサはうなずきながら、こんなに苦しい気持ちがちっとも外へ出てゆかないことに、もっと苦しくなりました。こんなに苦しいものが、美しい、透明な、澄んだかたちになって、リサの外に出てゆけばどんなにかいいのに。

だいじょうぶ、と先生はいいました。涙というものが、そのうちリサ、きみを助けてくれるよ。

リサはどうして、いま、すぐに助けてくれないのだろう、と思いました。そしてあとどのくらい、誰かさんのことを覚えていられるのだろう、と思いました。

どうしてひとは、失くしてしまうの？　忘れてしまうの？

リサはたまらなくなっていいました。

世界を対流させるためだよ、と先生は答えます。あるものが、あるところにずっとあるより、あっちへ行ったりそっちへ行ったりこっちへ来たり、そうしてこっちのものがあっちへ行ったり、そうやって世界はバランスを取っているんだよ。

リサは、ここにあるもののことを、忘れたくない、と強く思いました。けれど同時に、忘れてしまうのだということもわかっていました。だからリサはせめて最後にもう一度だけ、心の底から、いまここにある、そしてかつてここにあったすべてのものが安らかであることを祈りました。どうかどうか。

さあ、リサ、そろそろお別れの時間だね、と先生がいいました。

そのときにはもう、リサは、自分がどこかに帰ってゆくのか、それとも、どこかに出かけてゆくのか、わからなくなっていました。まわりつづけて、めぐりつづけて、どちらを向いているのか、わからない。

どっちでもないのさ、と先生はいいました。あるいは、その両方さ。

また会えるよ、リサ。出かけて、帰って、生まれて、消えて、ずっとずっと、繰り返してゆくんだよ。

先生の声を聞きながら、リサはそっと消えて、生まれてゆきました。これから行く場所はきっとあたたかくて、そっとやさしくリサを包んでくれるに違いないという気持ちが、リサにはしていたのでした。

佐藤くん、大好き

佐藤くんが、

「うん」

といった。それは何かかけ声のようなもので、言葉があとにつづくものかと思って待ってみたけれど何も起こらないので、

「え？」

とたずねてみた。けれどつづきはない。つまり、うん、は肯定の合図だった。

とうとうわたしの愛の告白は受け入れられたのだ。じつに一万九千九百九十九回かけて。


わたしと佐藤くんは中学校の同級生として出会った。わたしは佐藤くんをひとめ見た瞬間から、彼に恋をしていた。いわゆるひとめぼれというやつだ。わたしの女友達たちはなぜ、よりにもよって佐藤くんにひとめぼれなどするのかとみな首をかしげた。

いや、佐藤くんがださいとか、いけてないというわけではない。ほかの同年代のやかましい男の子たちとちがって落ち着きがあったし（ミステリアスすぎてついていけないという意見が大半だったにせよ）、わたし以外にも佐藤くんを憎からず思っている女の子は何人かいたと思う。けれどそれにしたってひとめぼれをするほど彼の顔に花があるようには思えない、と彼女たちは口々にいった。でもわたしにとってはそれがよかった。全員が全員、すぐに魅力に気がつくよう

なひとなんてつまらない。佐藤くんのあごのほくろのセクシーさは、わたしだけがわかっていればそれでいいのだ。

記念すべき第一回目の告白のときわたしは、佐藤くんの下駄箱の中に手紙を入れるという昔ながらの方法で彼を呼び出した。佐藤くんとわたしが出会ってから、つまりわたしが佐藤くんに恋に落ちてから、五年と三ヶ月が経過したころのことだった。手紙には、「今日の放課後、校舎裏の郵便局のポストの前で待っています」と書いておいた。

そして赤いポストの前に立ち佐藤くんを待ちながらわたしは、緊張でからだがどうにかなるかと思った。喉はかわき、手のひらは汗でしめり、心臓は壊れたモーターのように過剰な早さで脈うっていた。佐藤くんはやって来てくれるだろうか。やって来てくれたとして、わたしはうまくこの気持ちを佐藤くんに伝えることができるだろうか。

果たして、佐藤くんはやって来た。背筋の伸びた歩き方を見て、遠くからでも佐藤くんだとわかった。近づいてくると、風が佐藤くんの短い前髪をゆらしていた。あまりにもきれいすぎてこの世のものとは思えなかった。

「佐藤さん……？」

佐藤くんはいった。わたしはうなずいた。わたしは佐藤くんと話したことがなかったから、佐藤くんの中でわたしの顔と名前が一致したのはこのときだったのかもしれない。

「来てくれてありがとう」

とわたしはまずいった。いや、と佐藤くんはいった。そしてわたしは息を吸いこむと、いきなり本題に入った。

「あのね、わたし、佐藤くんのことが好き」

中学生の女の子にとって、とても平凡で、普通のせりふだったと思う。それに対し佐藤くんは、

「……え?」

といった。わたしは、よく聞こえなかったのかな、と思い、

「佐藤くんのことが好きなの」

ともう一度いった。すると佐藤くんは、あ、うん……といった。

「わたしと付き合ってください」

わたしはさらにはっきりと付け加えた。ここはわたしにとって重要な部分だった。わたしは佐藤くんのことを好きで、そのことを佐藤くんに伝えようと思ったわけだけれど、それを佐藤くんにわかってもらえればそれでいい、などというつつましい女の子ではなかった。佐藤くんと一緒に、動物園にいったり、水族館にいったり、おいしいケーキを食べたり、手をつないだりしたかったのだ。

「ああ」

とそれに対し佐藤くんは気の抜けた声でいった。わたしはそのつづきを待った。しかし、佐藤くんはしばらく何もいわなかった。五分くらいだったかもしれないけれど、自信がない。わたしが佐藤くんの答えを待ちわびすぎて、五秒を五分に感じてしまったという可能性もある。しかし、わたしが佐藤くんの答えを待っているあいだに、カートを押したおばあちゃんがひとり、ポストに郵便を出しにきてそれから、赤い車がやってきてポストを開け、中身を回収して走り去っていった。

「ちょっと考えてもいいかな」

と佐藤くんはいった。わたしは五回くらいうなずいた。それで佐藤くんの答えがいいよになるのなら、わたしは待つことなんかなんとも思わない、ということをわかってもらいたくて。

佐藤くんは一回だけうなずいて、

「ありがとう」

といって去っていった。わたしが好きだと告げたことに対してか、それとも考えてもいいといったことに対してか、わからないけれど、いずれにしても佐藤くんに感謝されたことでわたしの胸はぼんやりとあたたかくなった。

その次の日から佐藤くんは、廊下などですれ違うと、

「はよ」

とあいさつをしてくれるようになった。最初に佐藤くんに「はよ」といわれたのは授業を終えて帰ろうとしていた夕方のことで、なんのことかと首をかしげたのだったけれど、次の日朝会ったときにやはり「はよ」といわれて、「おはよう」のことなのだとわかった。朝でも昼でも夕方でも、佐藤くんはいつも「はよ」だった。

佐藤くんに「はよ」といわれ、わたしが「おはよう」と返しつづけて三ヶ月と三日、わたしは佐藤くんに「はよ」といわれるたびに今日こそは保留になっている先日の告白について何かいってもらえるのじゃないかと期待しつづけ、それでも何も起こらなかったので、とうとうしびれを切らしふたたびこちらから行動を起こすことにした。

「佐藤くん佐藤くん」

その日佐藤くんとすれ違ったのは午後二時ごろで、「はよ」の「は」のかたちに開きかけた佐藤くんのくちは一瞬行き場をうしなってぱくぱくしてから、

「何？」

と動いた。

「わたしやっぱり佐藤くんが好きだなあ。付き合うこと考えてくれた？」

わたしはこれを二回目の告白とカウントしている。

「ああ」

またしても佐藤くんはそういった。わたしはその言葉のつづきを待った。そのあいだに生徒が十二人、先生がひとり、わたしたちの傍を行き過ぎていった。

「やっぱりまだよくわからないんだけど」

佐藤くんがそういって、わたしはひとまず胸をなでおろした。よくわからないということは、まるきりごめんだからおれの側に二度と寄らないでくれとは思っていないということだ。

「それって友達でもいいのかな」

そしてそれを聞いてわたしの心は舞い上がった。佐藤くんと友達になれる！

わたしはまたしても五回くらいうなずいた。そりゃあ恋人になれるならそのほうがよかったけれど、友達だって、友達じゃないよりかはずっと嬉しいに決まっている。

「よかった」

と佐藤くんはいった。

「わたしも、よかった」

とわたしはいった。わたしが笑うと、佐藤くんもすこし笑ってくれた。

佐藤くんと友達になれたということは、友達としてずっとがんばっていたら、いつか一緒に動物園にいったり、水族館にいったり、おいしいケーキを食べたりすることができるかもしれない、とわたしは考えた。手をつなぐことは難しくても。だって、友達と一緒に動物園にいったり、水族館にいったり、おいしいケーキを食べたりすることはとても自然なことだ。いや、もしかしたら手だってつなげるかもしれない。女の子どうし、友達で手をつなぐのが好きな子もいる。

わたしは佐藤くんと一緒にお弁当を食べるところからスタートすることにした。教室で、中庭で、屋上で。わたしたちはいろんな場所で一緒にお弁当を食べた。するとときどき友達から、佐藤くんと付き合ってるの？　と訊かれた。そのたびにわたしが、ううん違うの、わたしたち友達になったの、と嬉しさのあまりにやにやしながら答えると、友達は不思議なものでも見るようにわたしを見て、ふうん、といった。

佐藤くんは基本的にあまりたくさん話すひとではなく、お弁当を食べているあいだはたいていわたしだけがずっとしゃべっていた。それに対して、佐藤くんは、ふうん、とか、へえ、とか相槌を打ってくれて、わたしはそれだけで嬉しかった。

わたしはときどき、

「佐藤くん大好き」

といった。わたしはいつでも佐藤くんを大好きだったけれど、大好きという気持ちがあまりにもこみあげてきて、どうにもしようがなくなったときわたしは口に出してそういった。それは例えば太陽に目を細める佐藤くんの横顔がきれいだったとき。ドジをしたわたしの話に声をたてて笑ってくれたとき。おいしそうだね、といったお弁当のおかずをわたしにくれたとき。

佐藤くんはそのたびに、頬を染めて照れたり、ただそっと微笑んだり、ああ、といったり、そうか、といったり、ありがとう、といったりした。

そして中学校を卒業するまでの三十年のあいだに、わたしは全部で六千二百十二回、佐藤くんに好きといった。

そんなに押してばかりではだめよ、と友達にいわれた。

「だめなの？」

「だめよ、好きでいてくれているのが当たり前、と思わせたらだめなのよ」

けれどわたしには、好きでいてくれるのが当たり前、と思われることの何がいけないのかよくわからなかった。わたしはむしろそう思われたかった。佐藤くんにとって当たり前の味方、いつでも逃げ込める避難所のようなものになりたかった。

けれどたしかに六千二百十二回好きといって、佐藤くんが「おれも佐藤さんが好き」といってくれる気配を一度も見せていなかったこともたしかだったので、わたしは友達の助言にしたがってみることにした。

それからは、佐藤くんを大好きな気持ちがどれだけこみあげてきてもそれを口に出さないように努力した。はじめは、佐藤くんだい、まで間違えていってしまって、あわてて「佐藤くん大正解」とごまかしたりもしたけれど。それからお昼休みに佐藤くんのところへいってお弁当に誘うのも、毎日から二日に一回程度に減らした。けれど佐藤くんが自分から、わたしをお弁当に誘いに来てくれることはなかった。

十ヶ月と十四日経ったところで、わたしは佐藤くんにたずねることにした。

「佐藤くん佐藤くん」

「うん?」

「最近何か気づいたことない?」

佐藤くんはごはんをつまんだお箸を持ち上げた姿勢のまま、空中の一点を真剣な顔で見つめ、なんだろう、といった。

「最近さみしくない?」

わたしは根気強くたずねた。

「……別に」

佐藤くんは答えた。

「佐藤さんがいるし」

わたしは拍子抜けしてしまった。

「なあんだ」

わたしが「佐藤くん大好き」というのをやめたことなんか、お弁当に誘う回数を減らしたことなんか、佐藤くんにとってはなんということもなかったのだ。それならわたしはやっぱり自分の心のままに、佐藤くん大好き、といったり、お弁当に誘ったりしよう、と思った。

「なんで」

佐藤くんはたずねた。

「なんでも」

わたしは答えた。

「佐藤くん大好き」

変なの、といって佐藤くんは笑った。

佐藤くんは宇宙飛行士になりたいと思っていた。だから大学も、宇宙飛行士になるのに一番良い、すこし遠くの難しい大学にいくのだといった。

わたしも、佐藤くんとおなじ大学を目指してみようかな、とすこしだけ思った。けれどわたしはそんなに勉強が得意ではなかったし、その大学に行ったとして何になりたいのかもよくわからなかったので、あきらめることにした。

佐藤くんは勉強家だったから、放課後はよく図書室で勉強していた。わたしはときどきそのとなりにお邪魔した。気が散るかな、とじつはすこし心配していたけれど、佐藤くんは何もいわなかった。佐藤くんはときどきわたしの苦手な数学を教えてくれた。

あれは高校二十七年生の冬のことだった。大学受験が近づいてきて、わたしと佐藤くん以外にも図書室で勉強する人が増え、雰囲気がぴりぴりしていた。それでわたしがつい、

「水族館にいきたい」

とつぶやいたのだ。佐藤くんはしばらくわたしの発言を無視して、ノートに何やら書きつける手を止めはしなかった。わたしもわたしで、返答を求めていたわけではなかったので、ため息をひとつついて気分を切り替え、目の前の参考書にふたたび集中しはじめていたところだった。ノートを静かに閉じて、

「いく?」

と佐藤くんがいったのだ。

「え?」

とわたしは訊き返した。

「水族館」

佐藤くんは答えた。

「今日?」

わたしはふたたびたずねた。

「おれ、今日予備校ないし。佐藤さんは?」

「わたしも、ない」

わたしは答えて、こみ上げる嬉しさをできるだけ顔に出さないようにしながら、

「いいの?」

とたずねた。身の丈にあった地元の大学を受けるわたしと違って、佐藤くんが目指しているのは一流の難関大学だ。もっとも、もともとの出来が佐藤くんとわたしでは違うので、佐藤くんに必要な努力の量がいかほどのものかはわたしにはわかりようがなかったけれど。

「一日くらい、いいんじゃない」

佐藤くんはいった。わたしはとうとう嬉しさをこらえることが難しくなって、すっかり笑顔になってしまって、

「佐藤くん大好き」

といった。一万二千五百八十回目。はいはい、と佐藤くんはいった。

それから佐藤くんとわたしは電車に乗って水族館へいって、マグロやクマノミやチンアナゴを見た。佐藤くんは、ペンギンが飼育員のお姉さんのまわりに群がって争うように魚を丸のみしてゆく様子をやけに興味深そうにながめて、よく食うな、とつぶやいていた。閉園まであまりたく

さん時間はなかったけれど、中のカフェでソフトクリームまで食べた。

遅くなったからといって、佐藤くんは帰り、家の前までわたしを送ってくれた。普段の予備校からの帰りと比べたら、それは到底遅いなんていえる時間ではなかったけれど、わたしは何もいわなかった。とても寒くて、ふたりともコートのポケットに手を入れ、マフラーの中に顔をうずめて歩いていた。佐藤くんの歩くリズムに合わせて、リュックサックについた金具がちゃりん、ちゃりんと音をたてていた。

寒いね、というと、寒いね、と返ってきた。明日も学校かあ、というと、そうだね、と返ってきた。いきたくないなあ、というとすこし間があいて、そうだね、と返ってきた。

隣を歩く佐藤くんを見ると、マフラーからすこしだけのぞいた頬が、寒さで赤くなっている。黒い瞳はまっすぐに前を見つめている。何を考えているのだろう。

わたしはそれを見て、ああ、今日とおなじ佐藤くんはもう二度とこの世に現れることはないのだと思った。それはとても美しいことであると同時に、胸がやぶれそうなくらい寂しいことでもあった。けれどその、今日の貴重な佐藤くんを、佐藤くんはわたしにくれた。

わたしからの視線にようやく気付いたのか、佐藤くんはわたしをちらと見て、ぎょっとした顔をした。

「なんで泣いてるの」

わたしはそれには答えなかった。

「佐藤くん」

「うん？」

「楽しかった、今日は本当にどうもありがとう」

「どういたしまして」

それでもわたしはまだ足りない気がして、ふたたび佐藤くんの名前を呼んだ。

「佐藤くん」

「うん？」

「大好き」

すこし間があいて、うん、と返ってきた。


佐藤くんはあっさりと志望校に合格した。わたしもなんとか大丈夫だった。

卒業式のあと、ホテルでの歓送会の前にすこしだけ時間があって、みんななんとなく教室に残ってお互いのメモ帳にメッセージを書きあったりしていた。その隙に佐藤くんのクラスまで飛んでいって覗いてみると、佐藤くんのクラスもおなじような状況だった。佐藤くんは数人の男の子たちと輪をつくって談笑していた。

「佐藤くん大変」

わたしはその輪の中に乗りこんでいった。

「水もれしてる！」

佐藤くんは眉をひそめて、水もれ？　といった。

「とにかく大変なの、放っておいたら海みたいになっちゃいそう」

わたしはつづけていった。すると佐藤くんと一緒に輪をつくっていた男の子たちは口々に、

「水もれかよ」

「大変じゃないか」

「行ってやれ、佐藤」

といった。佐藤くんは、わかった、といったので、わたしは男の子たちにお礼をいって、佐藤くんの手をひいて走った。誰もいないところへいきたくて、廊下を走り、階段を降り、駐輪場を走り抜け、卒業式を終えたばかりの体育館にかけこんで、運動用具入れの中に隠れた。用具入れの中は薄暗く、埃くさかった。

「ごめんね佐藤くん」

わたしは息を整えながら、まずいった。

「本当は水もれしてないの」

佐藤くんの息はそれほど乱れておらず、涼しい顔で、多分そうだと思った、といいながら跳び箱の上に腰かけた。わたしが跳び箱をじっと見つめていると、座ったら、と佐藤くんはいった。

「じゃ、失礼します」

わたしは佐藤くんのとなりに腰かけた。密閉された空間の中で、佐藤くんの声はいつもとすこし違って聞こえた。

「今日は卒業式だったから、佐藤くんとふたりですこしだけお話ししたくて」

佐藤くんはしばらくだまって、うん、といった。

わたしの大学は、家から自転車で通える距離にある。けれど佐藤くんは遠くへいってしまう。遠くへいってしまって、そこでひとりで暮らすのだ。

「さびしくなるねえ」

わたしはいった。佐藤くんは何もいわなかった。

「佐藤くん、今まで本当にありがとう」

これからもよろしくね、といいたかったけれど、いえなかった。いや、これからはもう会わないよ、といわれたら、何もできなくなってしまう。それなら何もいわないで、何事もなかったかのようになんとかして、今までどおり佐藤くんに会おう、とわたしは思った。

こちらこそありがとう、と佐藤くんはいった。

「佐藤くん」

大好き、といおうかと考えた。けれどすんでのところで、やめた。なんとなく今なら佐藤くんが、おれも佐藤さんが好きだよ、といってくれてしまいそうな気がしたからだ。わたしのうぬぼれた勘違いならそれでいいけれど、もし万が一にもそんなことになったりしたらこれから先どんな顔をして佐藤くんと話したらいいのかわからない。もしかしてわたしはもう、遠くまで佐藤くんに会いにいく勇気をなくしてしまうかもしれない。

「大正解」

わたしがいうと佐藤くんは、何それ、といって笑った。


はじめて佐藤くんの大学の構内で顔を合わせたときの、佐藤くんの顔は忘れられない。遠くから近づいてくるわたしの顔を見て、佐藤くんは目を細めた。わたしがかまわず近づいていくと、徐々に眉間にしわがより険しい顔になっていき、けれどわたしが正面に立つころにはふつうの顔に戻っていた。

「なんでいるの」

佐藤くんは諦めたようにたずねた。

「佐藤くん一緒にお弁当食べようよ」

わたしはいった。佐藤くんはしばらくわたしをじっと見つめた。じっとじっと見つめた。そのあいだに男子学生が十四人、女子学生が十一人、犬の散歩のおじさんが一人、わたしたちの脇を通り過ぎていった。

沈黙のあと佐藤くんは口を開き、

「今日弁当持ってないんだ」

といった。

「コンビニに買いにいくから一緒に来てくれる」

もちろん、とわたしは答えた。

佐藤くんは、幕の内弁当を買った。入っている鮭が大きくて、おいしそうだった。

「学校は」

佐藤くんはみじかくたずねた。

「お休みなの」

わたしはいった。

「うまく時間割を組んだから、毎週水曜日はお休みになったの」

じつはそれはすこしだけ嘘だった。一番科目数が少ないのが水曜日だったけれど、それでも出なければならない授業はふたつあって、けれどわたしはその授業に出ることと佐藤くんと一緒にお弁当を食べることの大切さを天秤にかけて、それは当然のごとく後者のほうにふりきれてしまったのでわたしはこうしてここへやってきたというわけだ。

ふうん、と佐藤くんはいった。

「佐藤くんはいつもコンビニ弁当なの？」

わたしがたずねると、佐藤くんは、

「おれはコンビニ弁当じゃないよ」

といった。

「あ、うん、佐藤くんがコンビニ弁当かどうかってことじゃなくて、それはコンビニ弁当じゃないって知ってるんだけど、いつもコンビニ弁当食べてるのって意味」

というと、うん、知ってた、冗談、といって、

「残り物があったりしたら詰めて持ってくることもあるけど、大体はコンビニか、食堂かなあ」

といった。

それならわたしが来るときは、一緒にお弁当をつくって持ってきてあげようかな、とわたしは思って、でも恋人でもないくせに差し出がましいかしら、と考えた。

それからわたしは佐藤くんに会えなかった数週間のうちにわたしに起こった出来事を次々と話して聞かせた。佐藤くんは相変わらず相槌を打つだけだったけれど、心なしかいつもよりも楽し

そうに見えて、数週間会えなかったことも無駄ではなかったかもしれない、とわたしは密かに思った。

せっかく来たから、といって佐藤くんは午後の大教室での授業にわたしをもぐりこませてくれた。教壇に立った白髪の先生は何やらコンピュータ言語のはなしを、眠気を誘う周波数の声でしていたけれど、それに熱心に耳を傾けてノートを取っている佐藤くんを見ていたら、ちっとも退屈しなかった。

別れ際にわたしは佐藤くんに手紙を渡した。佐藤くんに会えないあいだ、折に触れて書きためていたラブレターだ。正確な数は忘れてしまったけれども、十通くらいあった気がする。内容のほとんどは、今日こんなことがあったとかあんなことがあったとかで、よく考えたらみんなさっきお弁当を食べているあいだに直接話してしまったようなことばかりかもしれない、と気づいたけれど、まあいいか、と思った。話で聞くのと文字で読むのとではきっとまた別の味わいがあるに違いない。

「来週まで、元気でね」

別れ際にすこし涙ぐみながらわたしはいった。

「来週も来るの?」

佐藤くんはたずねた。

「うん」

　佐藤くんはしばらくだまって、あっそ、といった。

「うん、じゃあね、また水曜日ね」

　といって電車に乗りこむとすぐに扉が閉まって、佐藤くんはその向こう側で小さく手をふった。

　わたしはもちろん本気でその言葉通り、毎週水曜日には佐藤くんの大学に通う所存だったけれども、なんとその次の週の火曜日には佐藤くんがわたしの大学へやって来た。

　お昼休み、いつもお弁当を食べているお気に入りの芝生へと向かいながら、向こうからやってくる佐藤くんらしき人物を認めたとき、わたしはまさかと思って立ち止まった。似ているだけの他人かもしれない、とも思ったけれど、わたしが佐藤くんを見間違えるわけがないということも頭の片隅でわたしは考えていた。案の定、それは本物の佐藤くんだった。わたしは信じられず、思わず触ってしまった。難なく触れた。

「佐藤くん何してるの」

　わたしはたずねた。

「今週は土曜日におれが来るから、明日は来なくていいっていおうと思って」

　と佐藤くんはいった。

「来てくれるの？　土曜日に？」

信じられなくてわたしが声を上げると、うん、と佐藤くんはうなずいた。そして、

「じゃ、授業があるから」

といって背を向けて去っていった。その後ろ姿に向かって、

「佐藤くーん大好きだよー」

と呼びかけたのが一万三千三百二十六回目で、それからわたしはほれぼれと、その姿が角を曲がって見えなくなるまでずっと見ていた。

そしてそれからは交代交代で、ある週にはわたしが佐藤くんの大学へいき、次の週には佐藤くんがわたしの大学へ来、ということがくり返された。わたしは水曜日に、佐藤くんはわたしのように授業をさぼるわけにはゆかないから土曜日に。授業のない土曜日も、わたしたちはほとんど人のいないわたしの大学で待ち合わせして、一緒にお弁当を食べた。佐藤くんはよく幕の内弁当を買っていた。ごはんにのりがのっていて、しけっているのが好きなのだといった。それを聞いてからというものわたしはコンビニで幕の内弁当を見るたびに、弁当をたまらなく愛しく思う気持ちでいっぱいになって、ときどきは買ってしまってどうしてこんなものを買ってきたのかと母親に呆れられることもあった。

わたしは結局佐藤くんの誕生日にだけ、プレゼントの意味でお弁当をつくってあげることにした。どのみち佐藤くんの誕生日にはプレゼントをあげたいけれど、形に残るものではもしも気に

入らなかったときに困らせてしまう、という悩みを抱えていたのでちょうどよかった。もちろん、幕の内弁当にした。のりにはたっぷりお醤油をしみこませて、ごはんにのせてふやふやにした。

あるとき夜道を帰りながら、ふと考えた。わざわざはるばる、二週間に一度の頻度でわたしに会いに来てくれるなんて、もしかして佐藤くんはわたしのことが好きなのだろうか、と。考えるとふいに背筋が寒くなって後ろをふりかえった。誰もいなかった。けれどやっぱり奇妙なおそろしさは消えなかった。この道はこんなに街灯がすくなかったかな、と思う。暗く静かな道を、わたしは早足で家に帰った。あまりに怖い体験をしたのでそのことをどうしても誰かに相談したくて、わたしにとってそういうときの相談相手は佐藤くん以外に思いつかず、次の週に渡す佐藤くんへのラブレターにその悩みを書きつづった。

わたしは結局、水曜日の単位をふたつとも落とした。二回に一回は授業に出ていたのだし、出ていない回のぶんだっておなじ授業を取っている友達にノートを借りて、テスト前にはきちんと勉強したのだ。テストはよくできた自信があったのにおかしい、なぜだろう、と文句をいっていると、最初のオリエンテーションで、単位はテストの点数と出席点が半々だっていってたよ、と友達が教えてくれた。そういう大事なことはもっとわかりやすく教えてほしい。それにわたしはただサボっていたわけではなく、佐藤くんの大学でコンピュータ言語の授業を受けていたのだからそれで見逃してくれないものなのだろうか、と思った。

佐藤くんとわたしが結婚したのはまだちょうど二百歳の、大学在学中だった。佐藤くんが卒業を待たずして宇宙飛行士の試験に受かり、遠くの惑星の衛星の探査にいく船に乗ることになったのだ。

わたしが佐藤くんからそのことを聞いたのは土曜日、わたしの大学でお弁当を食べているときで、三百年の任務になるというのでわたしはショックでめまいがしそうになったのだけれど、そのあとに佐藤くんが、

「結婚してくれませんか」

というのでとうとう本当にめまいがしてしまった。

一緒に船に乗れるのは、本当の家族だけなのだそうだ。

「佐藤さんの幕の内弁当がなくなるのはさびしいというか」

と佐藤くんはいった。

「幕の内弁当なんかでよければいつでもつくってあげる」

とわたしはいった。わたしはどのみちそんなに、大学での勉強に対する情熱も感じていなかった。それよりもいわずもがなだけれど、佐藤くんに対する情熱のほうがずっとずっと大きかった。

大学やめる、とまず家族に報告すると、両親はぽかんとした顔でわたしを見つめ、弟はちらり

とわたしのほうを見たあと、すぐにまたテレビゲームに視線を戻した。それから続けて、結婚することにした、と報告すると、両親はますますぽかんとした顔になり、けれど弟はさきほどよりもしっかりとわたしのほうを見て、

「よかったじゃん」

といった。そしてすぐにまたテレビゲームに戻った。けれど弟のそのひとことで両親も、

「まあ、よかったのかしらねえ」

「そうだなあ」

というような感じになって、最終的にはみんなに祝福されてわたしと佐藤くんは結婚した。結婚式はしなかった。一緒に宇宙船に乗るためには家族にならなければならなかったけれど、結婚式までする必要はとくだんなかったからだ。でもわたしもウェディングドレスというものにはすこし憧れていたので、真っ白いそれを着て写真だけ撮った。写真の中でえんび服を着て、わたしの隣ですました顔をしている佐藤くんは、いつにも増してハンサムで、わたしはその写真をすごく気に入っている。

そしてわたしたちは宇宙船に乗って、三百年の旅に出た。

別れ際、母はすこし涙ぐみ、電話するのよとか佐藤くんにおいしいごはんつくってあげるのよとかからだが第一だからね、とかまくしたて、父はその横で静かにうなずき、弟は熱い抱擁をひ

とつくれた。自らの両親との別れを終えた佐藤くんはわたしの手を取って、深々とわたしの家族に頭をさげ、そのまま手を引いて宇宙船に乗りこんだ。ついにわたしたちはその日、初めて手をつないだのだ。

巨大な宇宙船の中はまるでわたしたちの星のようで、一定のサイクルで明けて暮れる空があり、また一定のサイクルで移り変わる四季があった。晴れの日もあれば曇りの日もあり、雨や雪の日だってあった。たまに、自分が宇宙船に乗っているということを忘れてしまいそうになり、そういうときわたしは一日かけて果てまで出かけていって、頭の上で球を描いている空と地面の、触れ合っている箇所を触った。そして、わたしたちの星の空には果てがなかったということを思い出した。

佐藤くんは毎日宇宙船の外に出かけていった。わたしは毎日佐藤くんに幕の内弁当をつくった。相変わらずごはんの上にのりは忘れずに。そして毎日帰ってくる佐藤くんと、毎日家のことをしながら佐藤くんの帰りを待っているわたしは一緒に晩ごはんを食べた。

佐藤くんと暮らすということは、始めてみると思っていたよりもふつうのことだった。まるで何年も、何十年も何百年も前からそうしていたみたいに、わたしたちは一緒に晩ごはんを食べ、眠り、朝ごはんを食べた。ときどきけんかをしたけれど、おおむね平穏に日々は流れ、おなじような毎日がくり返されたけれど確実に変化もあった。佐藤くんの髪の毛にはすこしずつ白いもののがまざり、顔に笑い皺や、そのほかの皺が残るようになり、近くのものが見えにくくなり、それらはすべてわたしに関してもおなじことだった。わたしに関していえばトレーニングをしっかりしている佐藤くんとちがって、おなかや二の腕のまわりがすこしだらしなくなってもいた。ただわたしは変わらずに幕の内弁当をつくりつづけた。そして佐藤くんはそれを食べつづけ、帰ってくるとかならずおいしかったといってくれた。寝る前には毎日宇宙船の外で見てきたものの話を、楽しそうに聞かせてくれた。そうしているあいだに、いつからだろう、自分でもわからないけれど、わたしは佐藤くんに大好きといわなくなった。ただ静かに、胸の中で佐藤くんを大好きでいつづけていた。

長い旅を終えて星へ戻ったわたしたちを、家族は総出で迎えに来た。両親のからだは予期していたものよりも小さく感じられ、反対に弟のからだは縦にも横にも大きくなって、さらに脇には奥さんと、もうすっかり立派な少女と呼べる女の子を連れていた。すべてテレビ電話越しに知っていたことではあったけれど、実物として目の当たりにするとやはり感慨深いものがあった。佐藤くんのお父さんは、わたしたちが星へ戻る七年前に、病気で亡くなった。その知らせを受けた電話で佐藤くんはお母さんに、辛いときに傍にいてあげられなくてごめんねとずっと謝っていた。そして夜中にほんのすこしだけ泣いていた。だから迎えに来たのはお母さんだけだった。

わたしと佐藤くんは、ここに、一緒に帰る家を持ってはいなかった。ずっとそれぞれ別の家に住んでいて、そして結婚して、すぐに宇宙船に乗ってしまったからだ。わたしたちはお互いの家族を目の前にして、奇妙な雰囲気で向かい合った。

「それじゃあ」

佐藤くんはいった。

「うん」

なんとなく眉と眉のあいだあたりがむずがゆかった。またね、とわたしがいうと、うん、と佐藤くんは答えた。また会えるのか、とわたしはほっとした。それからわたしたち家族はぞろぞろと、そして佐藤くんはお母さんとふたりきりで、反対の方向に向かって歩いていった。わたしは一度だけふり返って、佐藤くんの背筋の伸びた後ろ姿を見た。

佐藤くんがわたしの家を訪ねてきたのは、その日の夜のことだった。夜中の二時近く、わたしは一時間ほど前からベッドに入って目を閉じていたけれど、眠れていなかった。佐藤くんがいないからだ。三百年ものあいだずっと、眠りに落ちるときには隣にいつも佐藤くんがいた。

そのとき、佐藤さん、と声がした気がして目を開けた。佐藤くんのことを考えるあまり幻聴が聞こえてしまったのかと不安になったけれど、そうではない気がしてカーテンを開けると、窓の外に佐藤くんがいた。

「寝てた?」

と佐藤くんは遠慮がちにたずねた。わたしは勢いよく首を横にふった。よかった、と佐藤くんはそっとため息をつくようにいった。

「あのさ佐藤さん」

佐藤くんはいってじっとわたしの目を見つめた。わたしは、ああ、今までにいったい何度こんなことがあっただろう、と思いながら、言葉のつづきを待っていた。それは何秒にも、何分にも、何時間にも感じられた。そのあいだわたしたちの傍や、あいだを通ったり、じゃまをしたりするものは何ひとつなかった。わたしはただ佐藤くんの言葉のつづきだけを待っている、それはとても贅沢な時間だった。

「うん」

最終的に佐藤くんはいった。それは何かかけ声のようなもので、言葉があとにつづくものかと思って待ってみたけれど何も起こらないので、

「え?」

唐突すぎる肯定にわたしが問い返すと、

「おれ、佐藤さんにまだ答えていないことがあったよね」

と佐藤くんはいった。そういわれてわたしは耳の奥がこそばゆいような、記憶の奥底の底にし

まわれて、すっかり何重にも埃をかぶっていたものにそっと素手で触れられるような心持ちになった。なんだろういったいこれは。たしかにわたしは昔、もう何年も何百年も前に佐藤くんにたずねて、ちょっと待って、いや、ちょっと考えてもいいかなといわれたことがあったはずだった。

「あ」

「思い出した?」

「うん」

佐藤くんへの一回目の告白のときだ。わたしは佐藤くんに付き合ってくださいといった。そして佐藤くんはいったのだ。ちょっと考えてもいいかな。

「考え終わったの?」

佐藤くんは、うん、といってそして、

「でもいつから考え終わってたのかもうわからない」

といった。

わたしはやっぱりなんだかもう佐藤くんのことがたまらなく可愛くて、

「佐藤くん大好き」

といった。わたしから佐藤くんへ、二万回目の愛の告白だった。

じゃあ明日は水族館にいく? あっそれとも水族館はもういったから、遊園地がいいかなあ、と浮かれたわたしがつぶやくと、両方いってもいいんだよ、と佐藤くんがいうのでわたしは嬉しくて、佐藤くん大好き、と二万一回目にいうと、おれも佐藤さん好きだよ、と佐藤くんは初めてそういった。

原　里実
一九九一年生まれ、東京都出身。東京大学教養学部生命・認知科学科卒業。二〇一四年『タニグチくん』で三田文学新人賞佳作。二〇一六年『レプリカ』で文学金魚辻原登奨励小説賞受賞。

佐藤くん、大好き
二〇一八年十二月一日　第一刷発行
著者　原　里実
発行者　大畑ゆかり
発行所　金魚屋プレス日本版
〒一三一—〇〇三二
東京都墨田区東向島五—三二—六
タワースクエア東向島一〇一
電話　〇三—五八四三—七四七七
印刷　シナノ書籍印刷株式会社
ISBN 978-4-905221-05-0　Printed in Japan